AF236446

Christina Ohlsen

# (Un-) Erwidert

THE ALL DAY, ALL LOVE STORY

Band 1

# Impressum

Bibliografische Information der Deutschen
Nationalbibliothek:
Die Deutsche Nationalbibliothek verzeichnet diese
Publikation in der Deutschen Nationalbibliografie;
detaillierte bibliografische Daten sind im Internet über
http://dnb.dnb.de abrufbar.

Lektorat: Patrizia Rodacki
Korrektorat: Anke Ohlsen
Umschlaggestaltung: Sarah Skitschak

Herstellung und Verlag: BoD – Books on Demand,
Norderstedt

ISBN: 978-3-7528-2948-8

Für meinen Ehemann, meinen besten Freund,
mein Leben.

Für Patrick.

# Kapitel eins

»Wie zur Hölle können noch ungetragene BHs im Schrank kaputt gehen?«, rief ich fassungslos in die Stille meiner kleinen, leeren Wohnung hinein.

Schockiert über dieses ärgerliche Phänomen wandte ich mich von dem ramponierten, alten Kleiderschrank, welcher bereits in meinem Jugendzimmer beheimatet war, ab, jedoch nicht, ohne die Holztüren lautstark zu verschließen.

Ein leises Geräusch auf meinem Nachttisch verriet mir, dass ich eine SMS erhalten hatte. Ich warf mir einen übergroßen, dunkelblauen Sweatshirtpullover über und nahm das Telefon in meine rechte Hand.

*Soll ich später wiederkommen?* , stand dort in schwarzen Lettern geschrieben. »Komm` herein«, antwortete ich lauthals, ohne nachzudenken. Schnell überprüfte ich mein aktuelles Make-Up im Spiegel des geschundenen Möbelstückes.

Die grünen, ovalen Augen hatte ich mit etwas Kajalstift, braunem Lidschatten sowie schwarzer Wimperntusche betont und umrandet.

Meine schmale Nase ragte zwischen den dezent gerougten Wangenknochen hervor, unter denen ein paar Sommersprossen tief verborgen lagen.

Mein kupferrotes Haar trug ich wie immer zu einem seitlichen Zopf zusammengebunden.

Dieser reichte mir bis knapp unter die Brust.

Seine schweren, dumpfen Schritte erklangen in der Studentenwohnung, woraufhin sein großer Kopf durch meine Schlafzimmertür linste.

»Eigentlich wollte ich dich zum Frühstück einladen, aber irgendetwas ganz tief in mir sagt mir, dass wir lieber Einkaufen gehen sollten«, witzelte er provokant mit der dunklen Stimme.

Ein kurzer, aber böser Blick meinerseits genügte, um ihn zum Schwiegen zu bringen. »Alles klar, dann wohl beides«, erwiderte mein Gast mit erhobenen, riesigen Händen, was eine beschwichtigende Geste darstellen sollte. Er wandte sich ab, sodass erneut seine kraftvollen Schritte durch die Wohnung hallten. Flink schnappte ich mir meine sperrige Umhängetasche vom Boden und mein Arbeitsshirt aus dem Schrank, welches ich in ersterer verstaute.

Als ich das Schlafzimmer verließ, wartete der Mann bereits geduldig an der Wohnungstür. »Wie kommt es eigentlich, dass du so unverschämt gut gelaunt bist?«, fragte ich, als ich an ihm vorbei schritt. »Bonus, Baby«, sang er kurz, doch voller Nachdruck. Seine warme, tiefe Stimme durchfuhr meinen kleinen Körper. Ich liebte es, wenn er sang, doch das konnte ich unmöglich zugeben. Ich sollte langsam etwas sagen, dachte ich beunruhigt. Er hatte bereits meine alte Tür verschlossen, bevor ich antworten konnte: »Du weißt, ich besitze nichts, was sich zu stehlen lohnt, oder? Aber wieso schon wieder einen

Bonus? Du hattest doch erst vor Kurzem einen bekommen.«

Erneut öffnete er mir die vor uns liegende Haustür, da ich ihn ungläubig musterte. Sein Blick war verführerisch wie eh und je, da hauchte er nur: »Ich bin halt gut, Babe!«

Ich versuchte, möglichst neutral an ihm vorbei zu gleiten, aber innerlich schmolz ich dahin. Was machte dieser Mann nur mit mir? Mein Herz machte Luftsprünge, und manchmal sinnierte ich darüber, ob er es bemerkte: Meine heimlichen, verstohlenen Blicke, die gelegentlich mich übermannenden Flirtversuche, nicht zuletzt dieses verdammte Herz, das machte, was es wollte, sobald er da war.

An seinem orangefarbenen Auto angekommen, räusperte ich mich: »IT-ler müsste man sein.«

Daraufhin stieg ich in das rasante Gefährt. Mein Begleiter ließ nicht lange auf sich warten, dann startete er den aufheulenden Motor. Lauter, skandinavischer Deathmetal erklang im Gefährt, welchen er geringfügig leiser drehte. »Unsere Firma sucht immer«, bot er spöttisch an, denn er wusste, woran mein Herz hing. Nach zwei wundervollen Jahren als Integrationshelferin entschloss ich mich, weiter in diesen Bereich zu wachsen, was mir durch das Studium der Heilpädagogik bald möglich sein würde. Das Studium bot mir viele Möglichkeiten, um im sozialen Bereich tätig zu werden, und so gelangte ich hierhin: Zum Studium der Heilpädagogik an einer Düsseldorfer Hochschule im fünften Fachsemester.

»Danke, aber als Heili bin ich überaus zufrieden. Schließlich muss jemand dein Karma ausgleichen, Bad Boy«, scherzte ich zurück.

Die skandinavische Musik entsprach nicht ganz meinem Geschmack, aber ich nutzte die Zeit, den Fahrer tiefer gehend zu mustern. Seine etwas zu langen, blonden Haare fielen ihm in Strähnen in das kantige, markante Gesicht. Blass war er zwar nicht, aber gebräunt war er wahrlich auch nicht. Seine dunkelbraunen, von einem dichten Wimpernkranz gezierten, Mandelaugen waren auf die Straße gerichtet. Die schwarze Lederjacke knartzte geräuschvoll, wenn er den nächsten Gang einlegte. Diese spannte über seine breiten Schultern, welche über seinen Sitz hinauf ragten. Lässig hatte er ein weißes Shirt übergeworfen und dieses mit einer schwarzen, legeren Hose kombiniert. Alles in Allem betonte das Outfit seine starke, ausdrucksvolle Silhouette. Dieser Eindruck wurde durch einen dunklen Bartschatten um sein Kinn herum verstärkt. Abschließend kam ich wiederholt zu dem Ergebnis, dass er gut aussah. Zu meinem Leidwesen blieb dies natürlich nicht unerkannt, denn nicht allein mein Herz war es, das bei seinem Anblick wie wild pochte, und nicht allein meine Sinne waren es, die sich nach ihm verzehrten, doch es gab einen entscheidenden Unterschied, dessen war ich mir absolut sicher: Meine Liebe zu ihm. Sie unterschied mich von seinen anderen Verehrerinnen, allerdings machte sie mich auch zur bemitleidenswertesten. Schließlich kannten wir uns bereits nahezu zehn Jahre und fast genauso lange liebte ich ihn. Im zarten Alter von fünfzehn Jahren war es anfänglich lediglich eine kleine Vernarrtheit, in der ich zu ihm aufsah und ihn bewunderte, doch je älter wir wurden, umso mehr wuchs auch meine Liebe zu dem lässigen Mann.

Ich warf einen Blick aus dem Fenster, bevor er den Schmerz, die Sehnsucht, die Eifersucht darin wahrnehmen konnte. »Und wie war dein Freitagabend? Jemanden aufgerissen?«, riss er mich aus meinem inneren Konflikt.

Mit albernem Ausdruck auf dem Gesicht antwortete ich: »Natürlich. Insgesamt fünf Männer und zwei Frauen … Während ich auf der Arbeit ein volles Haus bediente.«

Sein Lachen durchdrang den sportlichen Wagen und füllte ihn bis zum Dach mit Freude und Herzlichkeit. »Dann warst du sogar noch erfolgreicher als ich!«, jubilierte der Mann. »Hast du etwa jemanden kennengelernt?«, platzte es aus mir, dem kleinen, eifersüchtigen Wiesel, heraus. »Kennengelernt würde ich nicht sagen. Sie war heiß, mein Frühstück hingegen hebe ich mir für dich auf«, säuselte er fröhlich, ohne mein Leid zu bemerken. »Sie bekommt den Sex und ich das Frühstück?!«, brummte ich leise vor mich hin. Der Tag konnte nur noch schlechter werden, oder? Galant parkte er endlich, doch anstatt auszusteigen, hielt er meine Hand und wisperte: »Alles in Ordnung, Jules? Das sollte nur ein Scherz sein.«

Ungeduldig befreite ich meine Hand aus seinem dramatischen Griff und log knapp: »Ja. Sorry, PMS.«

Mit diesen Worten stieg ich aus dem Renault.

»Wenn das so ist, dann habe ich nichts gesagt«, trällerte er, als er mich über den überfüllten Parkplatz führte. Es war viel los in der Düsseldorfer Innenstadt. Ich bemerkte schnell, dass sich seine muskulösen Schultern anspannten. Er war derart selbstbewusst und stark, doch das war nur beinharte Fassade, denn er war schon zu sehr verletzt worden, als dass er jemanden näher an sich heran ließ - außer mich. »Erst Essen oder vorher Einkaufen?«, fragte er, für meine Wahrnehmung deutlich zu laut. Ruckartig schoss Blut in mein Gesicht, wodurch ich am liebsten im Erdboden versunken wäre. »Ich würde gerne als Erstes zum Kaufhaus gehen, wenn du das noch schaffst«, nuschelte ich verlegen und gerade laut genug, damit er mich hörte. Seine Schultern zuckten unwillkürlich. Er bot mir seinen Arm an, welchen ich ohne zu zögern ergriff. In derartigen Menschenmassen taten wir das immer, denn er fand, ich würde aufgrund meiner geringen Körpergröße zu schnell verloren gehen, und ich war der Meinung, er könnte das gerne öfter tun, also das mit dem Festhalten, ergänzte ich meine Gedanken wie zur Erklärung. Vorsichtig geleitete mich der Mann durch die trüben, grauen Straßen und Gassen. An einem Samstagvormittag war die Innenstadt häufig brechend voll, aber dieser Umstand war umso besser für mich. Schließlich hatte ich nicht vor, ihn meine Unterwäsche sehen, geschweige denn aussuchen, zu lassen. Mein Plan war es, ihn unauffällig bei den Büchern abzuschütteln, da verbrachte er häufig die Zeit, in der ich etwas suchte.

Das Kaufhaus war bereits in Sicht, als ein Mann im grauen Anzug uns den Weg versperrte und rief: »Juliette! So ein fabelhafter Zufall! Schön, dich wiederzusehen. Das letzte Mal ist mit Sicherheit schon vier Jahre her, so ungefähr nach unserem Abschluss.«

Ich sah in sein Gesicht und erkannte den ehemaligen Mitschüler der Oberstufe des Gymnasiums, an welchem ich vor ungefähr vier Jahren meinen Abschluss gemacht hatte. »Hallo, Finn. Mag sein… Wie geht es dir?«, erwiderte ich höflich, aber wirklich wohl fühlte ich mich in seiner Anwesenheit damals schon nicht, denn er war zwar sehr nett, doch mindestens genauso eingebildet und auf das große Geld aus. Sein

Auftreten und sein Erscheinungsbild verrieten mir, dass er auch jetzt noch einiges, wenn nicht sogar zuviel, von sich selbst hielt. Nervös strich ich meinen Pullover glatt. Unterdessen plauderte Finn drauflos: »Mir geht es fantastisch, da ich in die Kanzlei meines Vaters eingestiegen bin. Deshalb fliege ich bald für einen Fall in die USA. Ganze drei Monate bin ich dort, um Verhandlungen für einen Klienten mit einer ortsansässigen Firma zu führen. Sollte dies funktionieren, darfst du mich offiziell Juniorpartner schimpfen Ist das nicht ein Traum? Aber genug von mir: Du siehst immer noch so reizend aus wie früher! Was machst du so? Ist dieser Herr etwa dein Partner?«.

Der Gesprächsverlauf wurde mir zunehmend unangenehmer, sodass ich sogar meinen letzten Halt, meinen Freund, losließ.

»Danke, das freut mich sehr für dich. Derzeitig studiere ich Heilpädagogik und nebenbei kellnere ich. Also das ist Aaron…

Er ist mein…

Also ich meine…

Ähhh…«, - »Freund. Sie will sagen, ihr Freund und ja, ihr fester Freund. Guten Tag, aber ich denke, wir müssen weiter«, sprang Aaron für mich in die Bresche, wofür ich ihn noch ein kleines Bisschen mehr liebte. »Oh sachte, junger Mann. Einen Moment bitte noch«, bat Finn gereizt und wandte sich erneut an mich - zu meinem

Bedauern. Währenddessen legte mein selbsternannter Freund seinen großen, starken Arm um meine zierliche Taille. »Hier, das ist meine Visitenkarte, dann kannst du dich jederzeit gerne bei mir melden, wenn es mit deinem Wachhund aus ist. Ich würde dich gerne auf einen Drink einladen. Schließlich steht noch eine Revanche aus«, mit diesen Worten reichte er mir das papierene Kärtchen und machte sich so schnell aus dem Staub, dass weder Aaron noch ich etwas dazu sagen konnten. Energisch ballten sich meine Hände zu Fäusten, doch ich bemerkte schnell, dass ich mit meiner Wut nicht alleine war. »Hey, mach dir nichts daraus. Er war schon immer ein Arsch und wird es offensichtlich auch bleiben«, versuchte ich, Aaron zu beruhigen, welcher nun am gesamten Körper angespannt war. »Ich hasse es, wenn Menschen derart respektlos mit dir umgehen. Man hat klar gesehen, wie unwohl du dich gefühlt hast. Am liebsten würde ich dem Fatzke ein paar Takte dazu sagen«, stieß er durch seine Zähne und blickte sich nach dem ehemaligen Klassenkameraden, alias dem Arschloch, um. »Das habe ich bereits des Öfteren getan - hilft nichts. Na komm! Wir wollten doch shoppen und Essen gehen«, flehte ich mit einer Hand auf seiner rauen Wange, um seinen Blick auf mich zu richten. »Na gut«, brummte er und griff nach meiner Hand. »Was genau meinte er mit Revanche?«, hakte meine Begleitung nach.

Ich erklärte es ihm beschämt: »Es war kurz nach dem Abitur. Du weißt, ich hatte eine miese Phase und er nervte schon seit Ewigkeiten wegen eines Dates. Könnten wir es bitte als einmaligen Zustand geistiger Verwirrtheit deklarieren und nie wieder darüber sprechen?«.

Sein Grinsen wurde breiter, weshalb sein strahlendes Zahnpastalächeln für mich sichtbar wurde. »Möglicherweise«, zog er mich auf. »Was bekomme ich dafür?«, spottete er höhnisch. Meine Scham wuchs ins Unermessliche, weshalb ich knurrte: »Wie wäre es mit einer besten Freundin?«

»Oh, so schlimm? Na gut«, ließ er es auf sich beruhen.

Endlich erreichten wir unser Ziel.

Es war unglaublich voll und noch wesentlich wärmer als draußen, daher ließ Aaron mich sofort los. Perfekt, dachte ich, und ging vor, denn so bot sich mir die Chance ihn vor der Unterwäsche abzuschütteln. Dorthin musste er mich wirklich nicht begleiten.

Geduldig schlenderte ich zu den gut bestückten Bücherreihen, wo ich so lange wartete, bis sich mein Begleiter an ein paar historischen Wälzern festlas. »Ich gehe mal zu dem Parfümregal hinüber wegen einem Geschenk für meine Mutter«, rief ich zu ihm hinauf, aber Aaron nickte lediglich, ohne seine Augen von der Literatur zu heben. Ich nutzte die Chance, um gespielt lässig zu den Flacons herüberzuschlendern. Langsam durchschritt ich den Gang, bis ich zur Rolltreppe kam, an der ich noch einen letzten Blick auf meinen Freund warf. Aktuell befand er sich bei der Fachliteratur, was mir verriet, dass er noch eine ganze Weile beschäftigt sein würde. Schnell huschte ich das metallene Ungetüm hinauf, jedoch ohne viel Aufsehen zu erregen. Im ersten Obergeschoss angekommen, steuerte ich direkt auf die Unterwäsche zu, welche von einem in Weihnachtsfarben dekorierten Stand dominiert wurde. Dort zu finden war scheinbar eine neue Kollektion, welche meine Aufmerksamkeit unmittelbar auf sich zog. Normalerweise kaufte ich mir einfache und pragmatische Wäsche, welche mir auf der Arbeit oder in den Vorlesungen nicht in die Quere kam, denn ich benötigte etwas für den Alltag. Warum also zweierlei Sorten kaufen, wenn sie doch niemand sah?

Meine Augen richteten sich auf einen tannengrünen Zweiteiler, welcher von atemberaubend feiner Spitze geziert wurde. Zitternd nahm ich das bezaubernde Oberteil in die Hand. Durch die fehlende Unterfütterung war das Körbchen etwas durchsichtig und somit unglaublich sexy. Ich schaute nach der Größe - 75C. Perfekt, dachte ich. Mit dem passenden Höschen betrachtete ich die Dessous, welche mir durch ihre Farbgebung einzigartig erschienen.

Meine Gedanken kreisten um die simple Frage, welcher Typ Frau solche Wäsche im Alltag verwendete. Der Preis ließ mich erröten. Es gefiel mir wirklich sehr, doch sollte ich wirklich so viel Geld nur für mich ausgeben?

Meine letzte Beziehung war schließlich mehr als zwei Jahre her und hatte nicht wirklich lange gehalten, denn sie hatte ein Ende genommen, weil man mich gezwungen hatte, zwischen ihm und meinem besten Freund zu wählen. Wir hatten uns damals in einem Jugendtreff unseres Viertels kennengelernt, hatten uns direkt angefreundet und ab da war es um mich geschehen. Für ihn allerdings war ich eher eine Leidensgenossin und Trösterin gewesen.

»Ein sehr schönes Set, nicht wahr?«, riss mich eine Mitarbeiterin aus meinen träumerischen Gedankenströmen. Erschrocken zuckte ich so stark zusammen, dass ich die Kleidung auf den Tisch zurückfallen ließ.

»Ja, sehr schön, aber auch sehr teuer. Eigentlich suche ich eher etwas Praktisches. Ich schaue mich weiter hinten mal um«, flüsterte ich peinlich berührt. Dort suchte ich mir eilig zwei schwarze Modelle heraus, mit denen ich zu den nahegelegenen Kabinen huschte. Ich sollte wirklich an meinem Selbstbewusstsein arbeiten, kam es mir in den Kopf. Während ich meine Sachen ablegte, drängte sich mir die Antwort meiner vorab gestellten Frage auf: Seine

Eroberungen trugen so etwas. Starke Frauen, die wussten, was sie wollten und es sich auch ohne große Umschweife nahmen. In meinem Spiegelbild erkannte ich das absolute Gegenteil, denn trotz meiner Schminke war mein zartes, zierliches Gesicht eher unauffälliger Natur. Nur meine grünen Augen stachen heraus. Sie glichen einem Fichtengrün und waren groß und offen. Mit meinen rund 1,58 Meter stellte ich nun wirklich nicht gerade den Blickfang schlechthin dar. Das Einzige, was mich fraulich wirken ließ, waren meine Taille und meine C - Körbchen, die ich öfters durch einen weiten Pulli versteckte.

Gerade zog ich diesen über den Kopf aus, als eine tiefe Stimme den Vorhang durchdrang:

»Jules? Bist du hier?«

»Ja, aber nackt«, kreischte ich panisch und bedeckte mich notdürftig mit dem Pullover.

»Ich habe etwas für dich. Hier«, sagte er, als seine große Hand an dem Vorhang vorbeiglitt und ohne Sicht einen Bügel auf einen der Haken hing.

Es war das einzigartige Set, welches ich wenige Augenblicke vorher angeschmachtet hatte – sogar in meiner Größe. Wie konnte er das wissen?

Ohne Umschweife ergriff ich den BH und zog ihn geschwind an.

»Du hattest es so angesehen, bevor die Verkäuferin dich unterbrochen hatte… Ich dachte es würde dir vielleicht gefallen«, plapperte mein Freund gesprächig vor sich hin. Meine volle

Aufmerksamkeit galt aber ausnahmsweise meinem Spiegelbild. Die ungewöhnliche Farbe ließ mich weiblich und sexy wirken, was mir bisher nicht allzu bekannt war.

»Wow«, raunte Aarons Stimme erstaunlich nah in mein Ohr. Mit weit aufgerissenen Augen stellte ich fest, dass er mit seinem Kopf an dem Vorhang der Kabine vorbei geschlüpft war, um mich voller Wohlwollen zu betrachten, wie es sonst exakt andersherum der Fall war. Blitzschnell schnappte ich mit der einen Hand nach meinem Oberteil und mit der Anderen nach dem Stück Stoff des Vorhangs. Beinahe ein Zirkustrick, schaltete sich mein Kopf ein.

Erneut bedeckt rief ich: »Sag mal geht`s noch, Aaron? Ich hätte nackt sein können!«

»Ich hatte ja gefragt, aber du hast mich nicht gehört. Außerdem trägst du im Schwimmbad auch nicht wesentlich mehr und die Veränderung konnte ich quasi live miterleben.«

In diesem Moment überfielen mich in gleichen Teilen Scham und Stolz. Ob Aaron mich wohl attraktiv fand?

## Kapitel zwei

»Soll ich dich ins Santiago oder nach Hause bringen?«, fragte Aaron ernüchtert, als wir gemeinsam in seinem Wagen saßen.

»Arbeit«, erwiderte ich, sodass er diesen starten konnte und losbrauste. Nach dem Zwischenfall im Kaufhaus beeilte ich mich mit der Anprobe und kaufte mir die beiden schwarzen BHs. Aaron hingegen bestand darauf, mir die Dessous zu erstehen. Das geplante Frühstück kürzten wir durch einen Snack beim Bäcker ab, da es mittlerweile recht spät geworden war und meine Schicht bald beginnen würde.

»Es tut mir ehrlich Leid, Jules. Ich hatte mir nichts dabei gedacht, weil wir doch auch zwei Mal die Woche Schwimmen gehen, und da trägst du auch immer nur Bikinis, was dir übrigens ausgesprochen gut steht. Das ist nicht nur mir aufgefallen«, bemühte er, sich zu rechtfertigen. Kopf und Abwehrhaltung gesenkt, antwortete ich: »Schon gut. Ich glaube, ich habe da etwas überreagiert. Das mit dem Schwimmbad stimmt schon...«

Ich spürte seine Erleichterung, als das Auto in die Straße meiner Arbeitsstelle bog, was meine Motivation sekündlich sinken ließ.

»Apropos heute Abend Lust auf ein Date?«, fragte er.

»Was?«

»Also Schwimmen gehen meinte ich«, erläuterte mein bester Freund mir.

»Ach so. Natürlich.«

»Ich komme noch mit rein«, verkündete Aaron mir. Gemeinsam schlenderten wir über die noch geschlossene Terrasse des Lokals, in dem er sich an die Theke setzte. Pauline, meine alteingesessene Arbeitskollegin, kam freudig auf mich zu. Ihre blonden Haare hatte sie locker zu einem hübschen Dutt zusammen gesteckt. Im Vergleich zur ihr fühlte ich mich wie ein Kind, da sie mit rund 1,80 Meter Körpergröße ungefähr zwanzig Zentimeter größer als ich war und durchaus eindeutige Kurven besaß. Durch nur zwei Gäste entstand eine stille Atmosphäre.

»Hallo, Süße!«, trällerte sie, als sie mich in ihre Arme schloss.

»Möchtest du lieber Draußen oder Drinnen übernehmen? Bisher haben wir heute nur drei Reservierungen, aber bei dem sonnigen Wetter wird es sicherlich voll. Mo hat sich für heute und morgen krank gemeldet, aber Tom springt für ihn ab 19 Uhr ein. Könntest du vielleicht ein Stündchen länger machen, denn ich habe nachher eine Verabredung? Ayla, die neue Aushilfe, wird gegen 16 Uhr für vier Stunden hier sein. Sie hat zwar noch etwas Schwierigkeiten mit den Bezahlgeräten, aber bemüht sich«, wies Pauli mich ein. Ich nickte, machte eine beruhigende

Geste und gab zurück: »Kein Problem. Entspanne dich, Pauline. Ich baue kurz draußen alles auf, dann übernehme ich dort die Theke, und nach dem Geburtstag kannst du etwas früher Feierabend machen.«

Nun räusperte sich Aaron: »Guten Tag, Pauline. Ich heiße Aaron und bin Jules bester Freund.«

Nachdem er sich aufgerichtet hatte, reichte er ihr eine Hand zum Gruß. Meine Arbeitskollegin errötete, legte ihre in seine Hand und antwortete: »Sehr erfreut, Aaron. Ich habe schon viel von dir gehört.«

»Hoffentlich nur Gutes«, scherzte er kokett.

»Selbstverständlich. Du bist wohl ein waschechter Charmeur und Gentleman. Wie lebt es sich als solcher?«

Das nahm ich als Aufforderung, mich zu verdünnisieren. Es war schön, dass sie sich verstanden, doch sie flirteten beide für ihr Leben gern, was mir nicht wirklich in den Kram passte. Zumindest nicht, wenn sie es miteinander taten. Auch Pauline und ich waren befreundet, doch einen möglichen Partner wollte ich ihr erst vorstellen, wenn es etwas Festes wäre. Aus der Ferne sah ich, wie die Turteltauben kicherten, eindeutige Blicke austauschten und sich sanft an den Armen und Händen berührten. Mir stieg die Galle hoch. Selbst als ich draußen fertig war und hereinkam, änderte sich nur, dass Pauli während des Flirtens noch etwas arbeitete. »Wolltest du nicht los?«, ranzte ich meinen Freund an.

Endlich waren seine braunen Augen auf mich gerichtet.

»Eigentlich wollte ich noch etwas essen. Könntest du mir bitte eine Cola machen?«, bat er freundlich.

Ich reichte ihm die Karte und zapfte ihm das gewünschte Getränk ohne ein weiteres Wort.

Das war wirklich zu viel. Ich meine, dass er andere Frauen hatte, war das Eine, aber dass er sich an meine Arbeitskollegin heran schmiss und sie als meine Freundin auch noch mitmachte, war eine ganz andere Hausnummer. Mein Herz schmerzte.

Eilig huschte ich auf die Terrasse, um neue Gäste zu begrüßen. Anschließend nahm ich Aarons Bestellung auf: Einen Angusburger mit Süßkartoffelpommes und ausdrücklich keinen Salat. Ich wäre nicht seine beste Freundin, wenn ich ihm nicht trotzdem einen dazu geordert hätte.

Weiteres Bedienen auf der Terrasse folgte und bei der nächsten Runde Zapfen stand das Essen bereits vor meinem besten Freund.

»Was würde ich nur ohne dich machen?«, lachte er warm.

Ich legte meinen unwiderstehlichen Blick auf, beugte mich zu ihm herüber und flüsterte: »Mit Mitte fünfzig deinen ersten Herzinfarkt erleiden.«

Zwinkernd verließ ich ihn wieder, doch sein Lachen erhellte das gesamte Lokal. Ich konnte mir den Scherz einfach nicht verkneifen und wollte diese unangenehme Stimmung loswerden.

Pauline hatte Recht behalten, denn als Aaron verschwand, rauschte eine Menge Kundschaft in den Laden, wodurch wir wahrhaftig am Rotieren waren. Glücklicherweise waren wir ein eingespieltes Team, daher konnten wir den Nachmittag dennoch gut bewältigen. Ayla war wirklich eine wunderbare Hilfe. Sie war ausgesprochen freundlich, aber auch schnell und aufmerksam. In meiner Pause rief ich kurz unseren Chef an, um ihm dies zu berichten, da die junge Kollegin gerade erst zum dritten Mal da war.

Meine flirtende Kollegin konnte pünktlich gehen, und auch ich war ausgesprochen erleichtert, meine Ablösung zu sehen.

Ihm teilte ich kurz den aktuellen Stand mit, scherzte mit ihm und wollte anschließend verschwinden. Tom kannte ich nicht so gut, da wir meist parallele Schichten hatten, doch mit seinen zwanzig Jahren und seiner unaufhörlichen Motivation fühlte ich mich neben ihm etwas alt.

»Schade, dass wir nie zusammenarbeiten, aber Mo sagte, du würdest samstags abends immer deinen Freund treffen«, eröffnete der Kollege ein neues Gespräch.

»Einen Freund«, berichtigte ich ihn flüchtig.

»Oh, interessant. Also hast du niemanden?«

»Einen Partner? Nein.«

»Hättest du demnach möglicherweise Lust auf ein Date? Mit mir?

Also nur, wenn du möchtest.«

Das kam unverhofft. Mein Kollege war wirklich süß, wie er dort so unbeholfen stand, doch konnte ich wirklich Gefühle für ihn entwickeln? Andererseits war eine winzige Verabredung auch nicht gleich ein Eheversprechen. Aaron schob sich dazwischen, aber ich versuchte, ihn abzuschütteln. Schließlich konnte ich nicht für alle Ewigkeit alleine bleiben.

»In Ordnung«, willigte ich skeptisch ein.

Sein jugendliches Gesicht wurde von einem breiten Grinsen dominiert, bevor er sich verabschiedete:

»Klasse, dann schreibe ich dir bald. Schönen Feierabend!«

Die Frage, ob es richtig war oder nur ein weiterer zum Scheitern verurteilter Versuch, meinen

Schwarm aus meinem Herzen zu bekommen, blieb mit mir in dem leeren Mitarbeiterraum zurück. Dennoch hatte mein Arbeitskollege eine Chance verdient, dachte ich. Zwar kannte ich ihn nicht sonderlich gut, da wir nur selten eine Schicht zusammen hatten, aber seine motivierte und kooperative Art machte ihn zu einem klaren Teamplayer. Objektiv betrachtet sah er auch gut aus: Breite, athletische Statur, braune kurze Haare und auffällig blaue Augen zeichneten ihn aus. Ansonsten wusste ich nur, dass er vor wenigen Monaten zwanzig Jahre alt geworden war.

Gefolgt von meinem Gefühlschaos verließ ich das Restaurant schnellen Fußes zur Bushaltestelle. Der Herbst hatte bereits seine ersten Opfer in Form bunter Blätter auf den Boden geworfen und auch die Dunkelheit verkündete den Wechsel der Jahreszeiten. Frisch war es, weshalb ich mir die Arme um meine Taille schlang.

»Jules!«, rief jemand aus Richtung des Lokals. Die bekannte Stimme ließ mich stoppen, sodass ich augenblicklich umkehrte und auf Aaron zu ging.

»Hast du mich nicht gesehen?« erkundigte er sich. Ein Schütteln meines Kopfes sollte als Antwort genügen.

»Ich dachte, ich hole dich lieber ab, denn es ist auf einmal so kalt geworden«, sagte Aaron, als wir bei seinem treuen Gefährt ankamen. Mein Fahrer schlug die Strecke zu seinem Zuhause ein, was mich stutzig machte, doch vielleicht hatte er etwas vergessen.

Mein Blick war physisch ins Dunkel der beginnenden Nacht gerichtet, aber eigentlich waren meine Gedanken bei meinem jugendlichen Arbeitskollegen.

Gab es eine realistische Chance für uns? War er in mich verliebt? Was würde Aaron wohl dazu sagen?

Ich schüttelte den Kopf. War doch klar, dass sich mein dummes, kleines Herzchen wieder einmischen musste.

Der orangefarbene Renault hielt vor dem Haus meines besten Freundes, welcher ohne Umschweife ausstieg. Erstaunlicherweise öffnete sich auch meine Tür.

»Kommst du?«, wollte Aaron von mir wissen. Statt einer Antwort stieg ich aus dem Fahrzeug und folgte ihm wortlos zur Haustür. Mich beschlich das Gefühl, dass etwas nicht stimmte, denn er fühlte sich nicht wohl in seiner Haut und schwieg unerbittlich. An seiner Wohnungstür angekommen, fummelte er an dem Schloss herum. Dies kombiniert mit seinem Versuch, mir nicht in die Augen zu sehen, verriet mir, dass ich richtig lag. Nach ihm trat ich ein, legte meine Sachen ab und sah ihn mit ernstem Blick an. Aus der Küche kam ein herrlicher Duft, welchen ich sogleich als zu meinem Lieblingsauflauf gehörend identifizierte.

»Okay, was ist hier los? Du weichst mir aus, schaust mir nicht in die Augen und in der Küche steht definitiv mein Auflauf. Spuck es aus«, forderte ich meinen Freund auf. Nach einer gefühlten Unendlichkeit traf mich sein Blick. Genauso hätte es eine Kugel sein können.

Mein Herz wurde schwer, denn sein gequälter und trauriger Ausdruck sprach Bände.

Der Drang, ihn zu umarmen stieg in mir auf, aber just in diesem Augenblick brach er sein Schweigen:

»Jules, deine Mutter hat mich angerufen. Es ist etwas Furchtbares passiert...

Dein Opa ... Er hatte einen Unfall -

Er hat es nicht geschafft.«

Vollkommen gelähmt vor Schock versuchte ich meine Gedanken zu sortieren: Das konnte einfach nicht wahr sein. Er musste mich anlügen. Doch aus welchem Grund sollte er etwas so Grausames tun?

Was nun geschah, zog wie in einer Filmszene an mir vorbei:

Meine Knie gaben nach, doch glücklicherweise war Aaron schneller. Er hielt mich fest an sich gedrückt, als ich ohne jegliche Zurückhaltung in Tränen ausbrach. Nicht nur mein Gesicht, sondern mein gesamter Körper erhitzte sich binnen kürzester Zeit, als würde ich in Flammen stehen. Bebend schluchzte ich, aber mein loyaler Freund hielt mich in seinen starken Armen, weshalb ich mich nicht ganz so allein fühlte. Nach einer Weile trug er mich auf sein leuchtend rotes Sofa und schilderte mir, was geschehen war.

Seine Erklärung ließ keinerlei Fragen offen:

»Jules, dein Opa machte sich in den frühen Morgenstunden mit dem Fahrrad auf den Weg zum örtlichen Markt, wo er allerdings nicht ankam.

Ein junger, betrunkener Fahrer in einem schwarzen SUV erwischte ihn . Der Fahrer kam von der Straße ab und prallte gegen einen großen Baum, wobei er sich schwer verletzte. Dein Großvater starb noch am Unfallort in den Händen eines Sanitäters.«

Ganz ohne seine Familie, ergänzte ich in meinen Gedanken. Das hatte er einfach nicht verdient.

Es fühlte sich an, als hätte der Fahrer mir mein Herz im Ganzen aus dem Brustkorb gerissen und es ebenfalls überfahren. Ich wusste, es war sicherlich nicht seine Absicht gewesen, doch es war geschehen, und wie sollte man es auch ungeschehen machen? Kurz dachte ich an den

Fahrer, welcher nun den Rest seines Lebens den Tod eines Menschen zu verantworten hatte, doch diesen Gedanken schob ich beiseite.

Meine Mutter hatte mich alleine versorgen müssen, weshalb ich in meiner Kindheit das Glück gehabt hatte, viel Zeit mit meinen Großeltern verbringen zu dürfen. Selbst Aaron war immer bei ihnen willkommen gewesen. Und jetzt? Nachdem meine Oma mit dem Tod gerungen und verloren hatte, hatte man nun auch meinen Opa aus dem Leben gerissen. Mir war es damals schon schwergefallen, zu begreifen, was geschehen war, doch nun war es unmöglich. Damals jedoch hatte ich mich emotional und auch physisch darauf vorbereiten können. Jetzt war ein Mensch einfach aus dem Leben gerissen worden, wirklich vom Rad gerissen. Ich war einfach nicht in der Lage, zu verkraften, wie das in aller Welt möglich war. Er konnte nicht tot sein. Es war schlichtweg nicht möglich. Doch wie konnte dann die Beerdigung am Freitag stattfinden? Mutter hatte Aaron kontaktiert, da sie von meiner Schicht gewusst hatte. Sie würde pünktlich zur Beerdigung, welche von meinem Onkel und meiner Tante organisiert wurde, von ihrer Dienstreise zurück sein, hatte sie versprochen. Da waren wir nun. Arm in Arm und beide am Weinen. Pausenlos.

Das Salzwasser klebte auf meinem Gesicht, doch das Einzige, was mir in diesem Augenblick wichtig war, war die Nähe zu Aaron. Seine Wärme. Seine Zuneigung.

Weder den Schmerz noch die Trauer. Einfach seine liebenden Arme um mich herum.

»Danke«, hauchte ich in sein zu mir gewandtes Ohr.

Mein Freund lehnte sich zurück und betrachtete mich eingehend: »Wofür?«

»Dafür, dass du da bist«, antwortete ich wenig einfallsreich, aber immerhin ehrlich.

Heiser vom Schluchzen ließ ich mich wieder in seine Arme sinken, deren Umarmung fester wurde.

»Es tut mir so Leid, Jules. Ich wünschte, ich könnte etwas für dich tun«, flüsterte er zurück. Doch das tat er, denn er war für mich da und das war alles, was ich in diesen Momenten brauchte.


Einige Augenblicke später versiegten meine Tränen. Mein Körper war offenbar zu erschöpft um neue zu produzieren, weswegen wir so sitzen blieben, wie wir waren. Mein Kopf an Aarons Brust, seiner auf meinen niedergelegt und ineinander verknotet, einer Brezel gleich.

Ich konnte beim besten Willen nicht ausmachen, wie lange wir dort saßen, aber irgendwann erhob ich mein gepeinigtes Stimmchen: »Kann ich bei dir bleiben?«

»Sicher«, wisperte er und nahm mein kleines Gesicht in seine gewaltigen Hände. Mit dem linken Daumen wischte er mir die letzte Träne von der Wange. Mein Freund war sprachlos, dennoch ließ er mich nicht los. Seine braunen Augen, welche rot umrandet waren, ruhten auf meinen, sodass mein Herz unablässig pochte, denn in seiner Mimik lagen ebenfalls Trauer und Schmerz, doch auch etwas anderes.

Erst jetzt stellte ich fest, wie nah sein Gesicht dem meinen war. Zaghaft strich ich ihm eine dünne Haarsträhne aus den Augen. Aaron war so mitfühlend und gleichzeitig so stark. Wärme breitete sich in mir aus.

Seine Nase, seine Lippen – seine verheißungsvollen Lippen – waren nur wenige Zentimeter von mir entfernt und ich wusste, was ich wollte.

In diesem Moment so sehr wie noch niemals zuvor.

Ihn. Seine Nähe, seine Wärme, seine Liebe.

Ich wollte ihn küssen. Er öffnete den Mund, um etwas zu sagen, doch zum allerersten Mal in meinem Leben nahm ich mir einfach, was ich wollte.

Mit einem sanften, aber bestimmten Ruck zog ich sein Gesicht zu mir hinunter. Ich küsste ihn. Als wäre das die einfachste und natürlichste Sache der Welt. Die Erde schien stehenzubleiben, als er seine Hände ruhig von meinem Gesicht nahm und sie um meine Taille legte. Daraufhin zog er mich näher an sich heran, sodass auch unser Kuss inniger wurde. Zaghaft öffnete ich meine Lippen, um meine Zunge hervor zuschieben. Sofort stieß ich auf Aarons. Mein Herz machte nicht nur Freudensprünge – es machte eine ganze Kür – und die Schmetterlinge in meinem Inneren tanzten eine aufregende Salsa. Bestimmend zog er mich auf sich und ich ergriff den Saum seines dünnen Shirts, welchen ich hastig so hochschob, dass er es ausziehen konnte. Gierig ertasteten meine Finger seinen freiliegenden Oberkörper: Die weiche Haut, die darunter befindlichen Muskelstränge, die einzelnen Erhebungen seiner Knochen. Unwillkürlich spannten sich seine Sehnen unter meiner Berührung an. Mein Schwarm griff ungeduldig nach meinem Pullover, welchen ich in einer fließenden Bewegung mitsamt meines Arbeitsshirts auszog. Sein Blick verharrte auf meinem Brustkorb, ehe sich ein leichtes Lächeln auf seine Lippen schlich. Wahrhaftig hatte ich den hässlichsten der drei heute gekauften BHs angezogen und soeben präsentiert.

»Ich... ähh... Tut mir leid. Den hatte ich für die Arbeit angezogen. Soll ich ...«

- Er legte seinen linken Zeigefinger auf meinen Mund- »Du bist wunderschön«, stöhnte er nahezu und zog mich brummend an sich. Fast wie ein Bärchen, dachte ich amüsiert, doch diesen

Gedanken schob ich gekonnt von mir weg, um die Stimmung nicht zu ruinieren.

Unsere Küsse wurden zunehmend intimer. Seine Finger wanderten, wie kleine Blitze, über meinen Oberkörper, meine Brüste. Zu diesem Zeitpunkt war er einfach mein Aaron. Meine Begierde wuchs. Seine Hände strichen über meinen Rücken und gekonnt öffnete er mein Oberteil. Wieder sprang mein Herz. Der Mann entledigte mich des Bustiers, welches er achtlos beiseite warf. Möglichst weit weg, als könnte es wiederkommen und sich an mich schnallen. In einer Bewegung drehte er uns, packte mich, stand auf und trug mich ins Schlafzimmer.

**Kapitel drei**

Am nächsten Morgen erhaschte mich mein beanspruchtes Gefühlsleben für meinen Geschmack eindeutig zu früh.

Mein Herz machte immer noch, was es wollte, und die Gedankengänge überschlugen sich geradezu.

Aaron war bereits unter der Dusche, denn das leise Geräusch der sich schließenden Badezimmertür weckte mich sanft aus meinen Träumen. Ich fragte mich, was ich nun tun sollte: Heimlich, still und leise verschwinden wie seine sonstigen Affären? In die Küche gehen und uns Frühstück machen? Oder einfach so tun, als wäre ich noch im Traumland versunken?

Es war unausweichlich, dass wir über die Geschehnisse der letzten Nacht sprechen mussten, denn ich mag emotional labil gewesen sein, doch ich war durchaus zurechnungsfähig und in der Lage gewesen, zu beurteilen, was ich wollte. Doch was wollte er? Was, wenn ich nur ein weiterer, unwichtiger One- Night- Stand war?

Genervt von meiner eigenen Feigheit warf ich die Decke beiseite, entschlossen, mich anzuziehen. Als ich das Wohnzimmer betrat, entschied ich mich, zunächst die Unmengen Taschentücher, welche ich am gestrigen Abend produziert hatte, zu beseitigen.

Plötzlich vernahm ich das Geräusch der sich öffnenden Badezimmertür. Blanke Panik ereilte mich. Rasant schoss ich in die Diele und zog gehetzt meine Turnschuhe an. Meine Tasche warf ich über die rechte Schulter, dann suchte ich nach meinem Mobiltelefon

- Fehlanzeige!

Wie komme ich denn jetzt wieder unbemerkt in das Wohnzimmer, das Zentrum seiner Wohnung?

Ich hob meinen Kopf, lief los – und rannte frontal in einen spärlich bekleideten Aaron. Lediglich ein kurzes Handtuch umhüllte seine Scham.

»Guten Morgen, Jules. Ich hoffe, du wolltest nicht gerade türmen«, kicherte er, ohne zu wissen, dass er damit den Nagel auf den Kopf traf.

Verlegen brachte ich etwas Abstand zwischen uns, zwang meinen Blick, in seine braunen, warmen Augen zu blicken und nicht hinunter zu seinem … Nein! Stark bleiben! Ich stammelte: »Morgen... was? Ich und türmen? So ein Quatsch! Ich wollte … äh … Brötchen holen.«

»Ich habe doch einen Lieferservice sonntags, also komm wieder rein und ich mache uns eine Tasse Kaffee. Setz` dich an die Theke«, erklärte er charmant lächelnd.

Behutsam legte er seinen Arm um meine Schulter, sodass der Unterarm locker vor mir hing, und schob mich in die offene Küche. Die

Theke mitsamt Hocker leiteten in das geräumige Wohnzimmer über. Ich ließ mich auf die Sitzgelegenheit sinken, während ich meinen besten Freund beobachtete. Zunächst kochte er frischen Kaffee, dessen herrlicher Duft schnell die gesamte Wohnung erfüllte, dann wirbelte er immer wieder um mich herum, um den großen Esstisch zu decken.

»Möchtest du auch Eier essen?« erkundigte er sich nach meinen Gelüsten. Aaron wirkte euphorisch, als er sprach und um mich herum tänzelte. Ich bemühte mich um Konzentration, doch nicht nur mein pubertäres 16 - Jähriges Ich wollte ihm das Handtuch entreißen und davon stürmen. Dies brachte mich zwar zum Lächeln, aber ebenso dazu, das unbehagliche Thema aufzugreifen: »Gerne, am liebsten gekocht ... Also ... Bekommen alle deine Eroberungen ein derart ausgiebiges Frühstück?«

Um einen scherzhaften Ton bemüht, versuchte ich, Fettnäpfchen jeglicher Art zu umschiffen. Es klingelte. Na toll, dachte ich entmutigt. Aaron reichte mir meine Tasse, nahm selbst einen Schluck des braunen Goldes zu sich und stapfte zur Wohnungstür. Mit einer großen, übervollen Papiertüte kam er zurück. Unmerklich wirbelte er herum und sang nahezu: »Zunächst einmal bist du keine Eroberung. Wie kommst du nur immer auf so etwas? Und wie ich gestern schon einmal sagte: Nein, ich frühstücke lieber mit dir.«

Erleichterung breitete sich in mir aus, sodass ich ihm entspannt zum Esstisch folgen konnte. Aaron hatte wirklich zwei Wurstplatten, eine Käseplatte und eine große Schale Obst aufgefahren, wobei ich mich fragte, ob er wahrhaftig zwei ganze Wurstplatten alleine verzehren konnte.

»Du ...genau darüber wollte ich mit dir reden ... wegen letzter Nacht meine ich...«, faselte ich unbeholfen.

Sein Gesicht bekam unwillkürlich dunklere Züge und er antwortete: »Schon okay, Jules. Ich verstehe, was du meinst. Dein Opa ist gestorben, du warst aufgewühlt und dann kommt noch meine Nähe dazu. Mach dir keinen Kopf«- »Aber das meine ich doch gar nicht«,

»Ist in Ordnung. Um mich brauchst du dich nicht sorgen. Ich kann das ab, weißt ja, habe ein dickes Fell.«

Ein Stich in mein Herz. Ach was! Hunderte Messerhiebe. Die Miene auf dem Gesicht mir gegenüber verhärtete sich und zunehmend bildeten sich kleine Falten auf seiner Stirn. Betroffen fasste ich mir an die Brust, um meinem Schmerz Einhalt zu gebieten. Wie konnte ich ihm jetzt noch meine Gefühle offenbaren? Gar nicht. Mein Rücken krümmte sich, ohne mich um Erlaubnis zu bitten.

Auf einmal bemerkte ich meinen besten Freund neben mir hocken, welcher zugleich nach meiner

Hand griff und fragte: »Alles in Ordnung? Musst du ins Krankenhaus? Du siehst furchtbar aus!«

Ich schüttelte seinen Einwand ab, doch meine Lippen blieben versiegelt. Sanftmütig flüsterte er: »Tut mir leid, ich meinte es nicht so. Natürlich war der Sex etwas Besonderes, es war sogar der beste, den ich je hatte, aber ich verstehe, dass das eine einmalige Sache für dich war und wir brauchen auch nicht weiter drüber reden. Es ist okay.«

Treffer versenkt.

Seine muskulösen Arme umschlossen mich, sodass ich mich abermals an seiner Brust wiederfand.

Nach dem umfangreichen Frühstück brachte Aaron mich nach Hause, wo ich mich meiner Wehmut und Trauer für den restlichen Sonntag hingab. Es war einfach zu viel für mich.

Dieses ganze `Liebt er mich oder nicht?` brachte mich noch an den Rand der Verzweiflung, und immer, wenn ich dachte, ich könnte nicht mehr weinen und schluchzen, meldete sich mein toter Opa zu Wort, sodass ich wieder aufs Neue begann. Allein dieser Umstand ließ mich in Tränen versinken.

Um 07.35 Uhr klingelte mein Wecker munter und verkündete das Ende einer schlaflosen Nacht. Unter der Dusche plagten mich die unliebsamen Gedanken:

Konnte das wirklich alles geschehen sein? War es Realität oder lediglich ein grausamer Traum? Hatte Aaron etwa aus Mitleid mit mir geschlafen? War mein Opa einfach aus dem Leben gerissen worden, ohne dass ich die Möglichkeit hatte, ein letztes Mal mit ihm zu reden? Die Nebelschwaden im Bad raubten mir die Sicht, doch solche Gedanken waren es, die mir die Sinne raubten. Nachdem ich mich angezogen hatte, machte ich mich auf den Weg zur Universität und zwang meine Gedanken, sich zu fokussieren. Zwei Vorlesungen hatten Maya, meine beste Freundin und Studienkollegin, und ich heute.

Wir legten unsere Stundenpläne zum Großteil zusammen, falls einer von uns einmal fehlen sollte. Das wäre jetzt auch etwas für mich gewesen, doch ich würde bereits am Freitag wegen der Beerdigung fehlen. Mein Magen grummelte freudlos vor sich hin. Im letzten Moment stieg ich aus der Bahn, dann trottete ich über das weitläufige Hochschulgelände. Erst erreichte ich das entsprechende Gebäude, dann die zweite Etage und dann den großen Seminarraum, wo Maya bereits auf mich wartete. Die schöne Amazone mit dunklem, schulterlangem Haar gab mir einen von den beiden Kaffeebechern in ihren Händen.

»Was ist denn mit dir passiert?«, begrüßte sie mich besorgt, als sie die Tür beiläufig öffnete.

»Mein Opa ist gestorben«, murmelte ich kaum hörbar.

Wir nahmen in einer der hintersten Reihen im Raum Platz. Der Saal war bereits gefüllt, denn dieses Seminar war für sämtliche sozialen Studiengänge geöffnet. Allerdings waren um uns herum noch einige Plätze frei. Immer wieder unterschätzte ich das Fassungsvolumen dieses Raumes. In die Reihe vor uns setzte sich Cameron, Mayas Schwarm. Mit seinen dunkelbraunen Haaren und den großen, wachen blauen Augen war der Mann ein regelrechter Blickfang. Er war nur wenige Zentimeter größer als meine beste Freundin, doch ich fand, sie gaben allein optisch schon ein fantastisches Bild ab: Sie als recht großgewachsene, stattliche Frau mit dunkler Haut und er leicht sonnengebräunt mit sportlicher Statur. Den britischen Austauschstudenten beachtete sie dieses Mal jedoch nur wenig, da ihr mein Wohl scheinbar wichtiger war.

»Mein Beileid«, wisperte meine Freundin. »Kann ich etwas für dich tun?«

»Könnte ich mir deine Notizen von Freitag leihen? Da wird die Beerdigung stattfinden.«

Sie nickte und knuffte meine Hand empathisch.

»Willst du darüber reden?«

»Ehrlich gesagt brauche ich Zeit und vielleicht auch etwas Ablenkung. Apropos, es ist noch mehr passiert, was ich dir sagen wollte«.

»Was denn?«

»Erinnerst du dich an Aaron?«, fragte ich um Worte ringend.

Maya zog theatralisch eine dunkelbraune Augenbraue hoch und meinte: »Den Aaron, von dem du mir vorschwärmst, seitdem wir uns kennen?«

Mein Blick war starr auf die Wand gerichtet, auf welche der Professor die aktuelle Literaturliste projiziert hatte. Die Lehrenden stellten glücklicherweise die Folien online, was unser Gespräch nicht nur vereinfachte, sondern gar ermöglichte.

»Genau der«, antwortete ich mit purpurrotem Gesicht. »Also … wir hatten Sex.«

»Wie geil ist das denn?«, platzte es so laut aus meiner Freundin heraus, dass sogar der Professor sie verwirrt anstarrte. Einen Moment lang blickte sie auf die Semesterplanung vor uns an der Tafel, bis sie sagte:

»Dass die Prüfung vor Karneval liegt, meine ich. Das ist sehr nett von Ihnen. Schließlich kann man sich dann sowieso nur noch sehr schlecht konzentrieren.«

Der Prof nickte und fuhr fort, doch einige Kommilitonen lachten und auch ich konnte es mir nicht verkneifen. Um keine Ausrede verlegen, so kannte ich sie.

Einen Augenblick später flüsterte Maya mir aufgeregt zu:

»Mal ehrlich, wie geil ist das denn? Seid ihr endlich zusammen? Ich will ALLES wissen. Los.«

Nach einer kurzen Denkpause erzählte ich ihr vom vergangenen Samstagabend; wie Aaron mich nach der Arbeit abgeholt hatte und vor sich hin gedruckst hatte, um mir die schlechte Nachricht zu überbringen, wie er mich getröstet hatte und wir einander nähergekommen waren. Nicht zuletzt vom brennenden Verlangen, ihn küssen zu wollen.

»Und dem hast du endlich nachgegeben?«, ergänzte meine Freundin konzentriert. »Richtig«, antwortete ich knapp, »aber es scheint nicht allzu viel gebracht zu haben.«

»Wieso denn das nicht?«, starrte sie mich verdutzt an.

»Als wir gestern morgen gemeinsam frühstückten, wollte ich mit ihm darüber reden, ihm sagen, was ich fühle, aber er hat mich mehrfach unterbrochen und es als einmalige Sache abgetan«, erläuterte ich mein tragisches Schicksal.

»Und du konntest es ihm nicht mehr erklären?«, entgegnete Maya fassungslos. Traurig schüttelte ich nur den Kopf, dann lehnte sie sich an mich und drückte mich sanft.

»Das tut mir so Leid, Juli«, hauchte sie mit zitternder Stimme. Man konnte vieles über meine beste Freundin sagen, doch empathisch war sie. Zugegebenermaßen sollte sie das in unserem Berufsfeld auch sein, doch sie wusste immer genau, was sie wollte. Zunächst hatte sie eine pflegerische Ausbildung abgeschlossen, aber jetzt wollte sie noch mehr bewegen und die Situation der Menschen verbessern, weswegen sie höhere Positionen anstrebte. Das bewunderte ich so sehr an ihr: Ihr großes Herz und ihre unerschütterliche Kraft, sich das zu nehmen, was sie wollte.

Nachdenklich musterte meine Freundin mich, bevor sie mir eine kupferne Strähne aus dem Gesicht fegte und sagte: »Ich lasse mir etwas einfallen, Juli. Versprochen.«

Den Rest der Vorlesung verbrachten wir weitestgehend schweigend. Gelegentlich unterhielten meine Kommilitonin und Cameron sich, wobei sie noch immer in ihren Gedankengängen vertieft war. Daher fand auch diese Unterredung ein jähes Ende.

Nach einem gähnend langweiligen Aufenthalt an der Universität beschloss Maya, noch vor meiner Schicht im Santiago mit zu mir nach Hause zu kommen.

Die Stimmung auf dem Heimweg war zwar lange nicht so bedrückt wie morgens, doch wirklich gut gelaunt schien keine von uns beiden. Als wir in meine Wohnung eintraten, war Maya äußerst konzentriert, warf ihre Tasche vor und sich selbst auf die Couch. Die knarzenden Bodendielen verrieten jeden meiner Schritte, welche ich abrupt unterbrach, als meine beste Freundin aufsprang und mich an den Armen packte.

»Juli, ich hab`s! Du wirst mich lieben. Das Beste daran ist, wenn mein Plan aufgeht, brauchst du nicht einen einzigen Ton von dir zu geben!«, jubilierte meine Kommilitonin. Voller Motivation quietschte sie nach einer wirkungsvollen Pause: »Eine Party!«

»Eine Party?«, wiederholte ich deutlich weniger enthusiastisch.

»Genau, aber nicht irgendeine Party«, sagte sie, als wir uns niedersetzten.

»Am besten so schnell wie möglich ,damit er eure Liaison noch im Kopf hat. Hast du am Wochenende Zeit?«, wollte sie von mir wissen.

»Freitag ist die Beerdigung und Samstag muss ich arbeiten«, informierte ich sie ahnungslos.

»Hast du am Donnerstag frei? Da sind wir nur bis halb eins in der Uni, wenn die Beerdigung Freitag nicht zu früh ist, passt das doch perfekt! Es hätte auch den Vorteil, dass du am Abend vor der Beerdigung nicht allein wärst«, beendete sie ihre angepriesene Idee vorerst. Wenig begeistert zuckte ich mit den Schultern und nickte. »Perfekt!«, kreischte Maya, »dann Donnerstag. Wen könnten wir denn einladen? Also Cameron und Aaron sind safe, sonst lohnt sich der Aufwand gar nicht.«

»Gut, aber ich verstehe deinen Plan immer noch nicht so wirklich«, gab ich genervt von mir.

»Ist das nicht offensichtlich? Wir schmeißen eine nette, kleine Feier, um dich von deiner Trauer abzulenken und das Leben zu zelebrieren, offiziell. Inoffiziell stylen wir dich schärfer als jede Chillischote und du tanzt verführerisch, sodass Aaron keine Wahl mehr hat und dir endgültig verfallen muss. Vorher müssen wir natürlich shoppen gehen. Das Outfit ist mein Weihnachtsgeschenk für dich«, erklärte sie mir endlich.

Ich überlegte. Mit Aarons Faible für gestylte Frauen konnte Mayas Plan wahrhaftig funktionieren. Ihre Gedanken folgten einer unwiderlegbaren Logik.

»Du hast Recht. Das könnte klappen, denn wir bräuchten nur einen zweiten Kuss. Den könnte er nicht einfach abtun. Allerdings gibt es ein entscheidendes, verhängnisvolles Detail bei deiner Idee: Du weißt, ich kann nicht tanzen«, wandte ich nachdenklich ein.

»Das ist das geringste Problem. Wenn wir uns zusammen fertigmachen, üben wir noch ein bisschen, darum mache dir bitte keine Sorgen«, vereinbarte sie mit mir. Ich nickte. Mein Handy vibrierte und verkündete eine neue Nachricht. Auf dem Display erschienen zwei Nachrichten. In der ersten von Aaron stand:

*Hey Jules, ich denke an dich. Schreib mir einfach, wenn du mich brauchst. Ich bin immer für dich da. Ach, und ich habe mir schon für Freitag freigenommen. Du musst nicht allein da durch. Wir schaffen das!*

»Süß, dass er sich extra freigenommen hat! Ihr seid wie füreinander geschaffen!« trällerte Maya aufgeregt, doch ich öffnete bereits die nächste Nachricht:

*Hallo Juliette. Wie geht`s dir? Möchtest du am Freitag mit mir essen gehen? Viele Grüße Tom.*

»Bei dir läuft es aber richtig gut! Wer ist denn dieser Tom?« kommentierte meine Freundin gierend nach mehr Informationen. »Mist, den habe ich total vergessen. Was mache ich denn mit ihm? Kann ihm ja schlecht sagen, dass ich doch nicht mehr mit ihm gehen will, weil ich meiner Jugendliebe nachstelle«, platzte es ungefiltert aus mir heraus. Maya klatschte in die Hände und sang: »Ist doch super! Konkurrenz belebt das Geschäft!«
Auch dieser Logik hatte ich nichts entgegenzusetzen, aber wohl fühlte ich mich dabei trotzdem nicht.

Leider mussten wir unser Treffen bald auflösen, da ich zur Arbeit gehen musste. Auf dem Weg dorthin tippte ich eilig sowohl Aarons als auch Toms Einladung in das Telefon. Beide schienen darüber sehr erfreut. Bei der Arbeit selbst lud ich Pauline ein, da wir uns vorgenommen hatten, uns außerhalb der Arbeit ebenfalls zu treffen.

## Kapitel vier

Am Dienstag traf ich meine beste Freundin in der Düsseldorfer Innenstadt. Da unsere Vorlesung erst um zwölf Uhr beginnen würde, beschlossen wir, den Vormittag zum Einkaufen zu nutzen. Wir stromerten durch mehrere Läden der Einkaufsmeile, bis wir ein geeignetes Geschäft mit entsprechender Partymode fanden. Maya nahm sich direkt einen ganzen Schwung Kleider sowie ein paar knappe Hosen und Oberteile mit, wohingegen ich all meine Hoffnung in ein blaues Schlauchkleid setzte. Diese wurde in der Umkleide jedoch komplett im Keim erstickt. Es war durchaus schön mit seinen verschlungenen Trägern, aber nicht wirklich sexy. Aufgrund meiner geringen Körpergröße sah es aus, als würde ich darin versinken.

Mutig trat ich vor den Vorhang, um mich Mayas Kritik zu stellen, welche sich gerade im großen Spiegel selbst beäugte. Sie trug ein hübsches, asymmetrisches Kleid, welches ihren langen, gebräunten Beinen schmeichelte. Als meine Freundin mich wahrnahm, brach sie umgehend in schallendes Gelächter aus. Auch ich musste grinsen.

»Juli, du siehst aus wie eine angehende Nonne!«, prustete sie zwischen dem Gelächter hervor und auch ich hatte Schwierigkeiten, ihrem Lachen zu widerstehen.

Nach mehreren Versuchen, etwas zu sagen, gab sie mir wortlos ein schwarzes Stück Stoff und deutete mir, es anzuziehen.

Ich folgte ihrer wortlosen Anweisung und fragte mich, ob das Kleidungsstück ein Oberteil oder ein Kleid sein sollte.

»Und zieh ja die Hose drunter aus, es ist schließlich kein Top!« beantwortete sie meine unausgesprochene Frage.

Mir stockte der Atem, denn das winzige Kleid war ziemlich eng. Es besaß lediglich an einer Schulter einen breiten Träger, sodass immerhin der Ausschnitt akzeptabel war. Die Länge jedoch war meines Erachtens viel zu kurz. Maximal eine Handfläche unter meinem Po hörte das gute Stück auf. Nervös trat ich hervor, während ich den Saum immer wieder missmutig herunterzog.

»Das ist es! Mach dir keine Sorgen um den Rock. Der ist so eng, der kann rein physikalisch schon gar nicht mehr verrutschen«, sagte Maya begeistert.

Nun betrachtete ich mich selbst im Spiegel. Trotz der verboten kurzen Länge stand mir das Kleid wirklich gut. Ich fühlte mich wahrhaftig sexy. Dies besiegelte unsere Entscheidung.

Wieder in meinen alltäglichen Klamotten, half ich der Studentin bei ihrer Entscheidung, welche zwischen einem gelben, sommerlichen Kleid mit

Spaghettiträgern und einem roten Hauch von Nichts fiel. Mit dem Kompromiss, sie könne hohe Schuhe dazu tragen, einigten wir uns auf das gelbe Kleid, welches ihre karamellfarbene Haut zum Strahlen brachte. Neben ihr fühlte ich mich wie ein Weißbrot, doch sie sah einfach fantastisch aus und das konnte ich neidlos zugeben.

Anschließend schlenderten wir gemeinsam erst zur Bahnhaltestelle, dann zur Universität.

Im Laufe des Nachmittags durchlief ich ein Wechselbad der Gefühle: Von Trauer über Vorfreude bis hin zur totalen Verzweiflung war alles dabei. Immerhin verschaffte Mayas Flirten mir Ablenkung. Dies war die erste Sitzung der diagnostischen Methoden, daher wurde noch nicht allzu fachlich gearbeitet, und sie konnte es sich erlauben, sich um ihren Schwarm zu bemühen. Meine Freundin fummelte an ihren Haaren herum, präsentierte durch leichtes Durchdrücken des Kreuzes ihr Dekolletee und berührte Cameron scheinbar beiläufig am Arm, was ihm zu gefallen schien. Unabsichtlich blickte nun auch sie zum Whiteboard und voller

Schadenfreude sah ich zu, wie ihre Gesichtszüge entgleisten, denn der Themenumfang war enorm und das Arbeitspensum nicht leicht zu bewältigen. Ehe ich das ausgiebig genießen konnte, schlug Cameron vor: »Wir könnten es zu dritt machen.«

Meine beste Freundin und ich tauschten einen Blick aus und gackerten los. Natürlich meinte er eine Lerngruppe und seine Absichten waren rein und edelmütig, aber unsere Gedanken, die pubertär und schmutzig waren, waren es nicht.

Die Tage vergingen dank der Vorlesungen und der Arbeit so zügig, dass der langersehnte Donnerstagnachmittag letztendlich kam. Ich stand vor meinem Bett und betrachtete das kurze, schwarze Kleid, als Maya sich im Badezimmer fertigmachte. Unsicher zog ich es an, während ich von meinen Gewissensbissen wegen meines Verhaltens gegenüber Tom geplagt wurde. Es war falsch, ihn derart auszunutzen, dessen war ich mir sicher. Die Frau sah aus wie die Göttin der Sonne, als sie mein Zimmer betrat, was meinen Mut weiter sinken ließ.

»Vielleicht sollten wir das lassen und einfach eine nette Party haben«, ruderte ich ängstlich und unsicher zurück. Unterdessen ließ ich mich auf mein Bett fallen.

Maya stampfte auf mich zu und sagte: »Nein, das werden wir nicht. Wie lange bist du schon in Aaron verliebt, hm? Wie viele Nächte hast du bereits durchgängig geweint, weil du wusstest, dass er bei einer anderen Frau war? Juli, du bist meine beste Freundin, und ich werde nicht länger mit ansehen, wie du leidest. Steh auf, zieh die roten High - Heels an und lass uns noch eine Runde tanzen, bevor die Gäste kommen.«

Eilig huschte ich ihr hinterher ins Wohnzimmer. Mit den Schuhen traf sie wirklich mein Kryptonit. Schuhe und das Umsorgen von hilfsbedürftigen Tieren ließen mich immer zu ungeahnten Kräften aufleben. Die Schuhe waren wahnsinnig hoch, bestimmt um die zehn Zentimeter mit Plateau. Etwas wackelig übte ich, darauf zu laufen, was zwar erstaunlich einfach, aber unbekannt aufregend war. Ich fühlte mich nicht nur größer, sondern auch sexier. Anschließend zeigte mir Maya ein paar Tanzschritte, als es auch schon klingelte. Rasch füllte sich meine kleine Zweizimmerwohnung mit einigen Studenten der sozialen Fachschaft, größtenteils männlichen Geschlechtes. Meine selbstbewusste Freundin hatte wirklich etwas geschafft, denn nur eine weitere Kommilitonin, aber dafür neun Kommilitonen hatte sie eingeladen. Gut, dass Pauline zeitnah kam. Ich war gerade in der

Küche, um uns Mädels ein Glas Sekt einzuschenken, da vernahm ich eine tiefe, brummende Stimme, sodass sich mir sogleich die winzigen Härchen im Nacken aufstellten. »Wow«, knurrte der Mann. Verlegen blickte ich in Aarons wunderbare, braune Augen. Langsam schritt ich auf ihn zu, so wie ich es vorhin geübt hatte, und schloss ihn in meine Arme. Er fühlte sich so warm und vertraut an, dass mein Herz wieder einen Sprung machte. »Ich freue mich, dass du kommen konntest«, hauchte ich, während ich mich von ihm löste.

»Zu dir komme ich immer gern. Jules, du siehst… fantastisch aus« raunte er zurück, ohne mich loszulassen. Seine warmen Augen ruhten auf meinem Gesicht, als würde er mich, wie einen Diamanten, zaghaft begutachten. Nervös zog ich mich nach einigen Augenblicken zurück, doch ich konnte seinen Blick auf mir – genauer gesagt meinem Hintern – weiterhin spüren. Ich wandte mich den Gläsern zu und bat meinen besten Freund, mir beim Tragen zu helfen, sodass ich ihn in meiner Nähe wusste. Die drei Frauen saßen wie Primadonnen auf der Couch, wo sie die Aufmerksamkeit in vollen Zügen genossen. Wir stießen auf einen schönen Abend an, dann zog Maya mich zu sich herunter und flüsterte: »Du musst ihn etwas zappeln lassen.«

Ich nickte voller Tatendrang, bevor ich mich neben sie drapierte. Die Menge unterhielt sich in diversen Kleingruppen, unterdessen flirteten zwei Kommilitonen aus der Ferne heftig mit meiner besten Freundin: Cameron, ihr gutaussehender Schwarm, welcher ihr ebenfalls eindeutige Signale schickte und Justin, ein Kommilitone aus ihrem Wahlpflichtmodul. Nur Aaron gesellte sich zu uns auf das Sofa, woraufhin sein Blick immer noch auf mir ruhte. Das beschwingte mich ungemein.

»Aaron, was machst du eigentlich beruflich?« fragte Pauli flirtend. Sie fegte ihre blonden, langen Haare betont über ihre Schulter und machte ihm schöne Augen, was mich sowohl verärgerte als auch kränkte. Die Eifersucht in mir wuchs. Ehe er ihre Frage beantworten konnte, machte einer von Mayas Flirts etwas Musik an, sodass diese motiviert aufsprang und mich zu dem einzig freien Platz im engen Wohnzimmer zog. Es war also so weit. Mit dem Rücken drehte ich mich zu meiner besten Freundin. Sie legte mir eine Hand auf die Taille, während sie die andere in die Luft hob. Nervös bewegte ich meine Hüfte mit ihrer und wandte meinen Körper leicht mit. Mein Herz raste vor Aufregung und ich überlegte, ob wir lächerlich wirkten oder ob es tatsächlich und überraschenderweise gut aussah. Sicherlich war ich bereits ganz errötet. »Es klappt«, flüsterte meine Tanzpartnerin unauffällig zu mir hinab. Sofort hob ich meinen Blick zu der Person meiner Begierde, die zwar neben Pauline saß, die aber größte Schwierigkeiten hatte, seine Aufmerksamkeit zu erlangen. Das Blut in meinen

Wangen sorgte dafür, dass ich mein Gesicht abwandte -

Nur, um umgehend in Toms jungenhaftes, grinsendes Gesicht zu sehen. Cameron hatte ihn offenbar hereingelassen und etwas mit ihm geplaudert. Ich erwiderte sein Lächeln, dann winkte ich unbeholfen. Maya drehte mich sanft herum, daher sah ich nun sie, denn auch sie war bemüht, Eindruck zu schinden. Plötzlich nahm ich eine große Hand auf meiner Schulter wahr.

»Dürfte ich?« fragte Tom grinsend.

»Klar«, antwortete meine aktuelle Tanzpartnerin selbstbewusst, noch bevor ich reagieren konnte, und schob mich dicht an ihn heran. Unverzüglich kam Justin zu ihrer Rettung. Die Masse begann, zu tanzen. Alle tanzten - außer Pauline und Aaron. Seine Augen lagen starr auf mir, als sie versuchte, näher an ihn zu rutschen. Unaufhörlich redete sie auf ihn ein, doch seine Aufmerksamkeit galt mir. Seine Mimik war wie gefroren zu einem ernsten Ausdruck. Toms hingegen konnte nicht fröhlicher sein, als er eine Hand auf meinen Rücken legte. Möglichst rhythmisch bewegte ich mich zur Musik, so wie es mir meine beste Freundin erklärt hatte.

»Du siehst richtig scharf aus«, riss mein Tanzpartner mich aus meinen Gedanken. Verlegen brachte ich ein knappes: »Danke« hervor. Gekleidet war der junge Mann in ein blaues Hemd mit einer ( zu engen) Jeans. Das hellbraune Haar hatte er ordentlich zurück gegelt. Nichts

Besonderes, dachte ich. Sofort übernahm mein Herz die Kontrolle und ich verglich sein Outfit mit dem von Aaron, welcher ein graues Satinhemd mit einem schwarzen Sakko und einer ordentlichen, dunklen Jeans kombinierte. Er sah umwerfend aus. Wie schaffte er es nur, mir immer wieder den Atem zu rauben? Zu meinem Unbehagen presste mein Kollege sich dichter an mich, doch ich fragte ungeschickt: »Möchtest du etwas trinken?«

Da ich mich zunehmend bedrängt von ihm fühlte, ging ich bereits in Richtung Küche, wohin er mir unverzüglich folgte, jedoch ohne mir mehr Freiraum zu geben. Ich goss mir frischen Sekt in mein Glas, als mein Date erneut seine Hand auf meinen Rücken legte und seine Brust gegen meine Schulter drückte.

»Tolle Party«, wisperte er beschwingt flirtend.

»Finde ich auch!«, ertönte ein Brummen aus der Tür, was mich zwar zusammenfahren und von Tom abwenden ließ, aber dieser folgte mir sogleich. Aaron trat in meine kleine Küche und nahm sich eine Flasche Altbier aus dem Kühlschrank, wobei sich seine Gesichtszüge nicht zu bewegen schienen.

Der Arbeitskollege schien davon gänzlich unbeeindruckt, weshalb er an Ort und Stelle verharrte – So dicht an mir wie möglich, doch hinter mir war der Raum bereits zu Ende, sodass ich nicht ausweichen konnte.

Nun zog er mich sogar noch etwas enger an ihn heran. Aaron schaltete sich ein: »Möchtest du tanzen?«

Meine Gedanken und Gebete wurden erhört, weshalb ich am liebsten direkt herüber gehüpft wäre. Sein Ton war locker, aber ich konnte seine Anspannung spüren. Gerade, als ich einwilligen wollte, antwortete Tom mehr als bestimmend: »Leider waren wir beide beschäftigt, würde es dir daher etwas ausmachen, wieder zu Pauline zu gehen?«

Ich konnte es nicht glauben. Das hatte er doch nicht wirklich gesagt, oder? Eindeutig brachte ich Abstand zwischen den Arbeitskollegen und mich, doch er fixierte Aaron und zog mich erneut an sich heran, als hätte er nicht mitbekommen, wann ich ihm entwischt war.

»Ich habe mit Jules gesprochen«, knurrte mein bester Freund um Fassung bemüht.

»Ich würde sehr« -

»Und ICH habe dir gesagt, dass wir beschäftigt sind!«, unterbrach mich meine Verabredung rüde, ohne es überhaupt zu bemerken.

»Jules kann sehr wohl für sich selbst sprechen«, verteidigte Aaron mich. Endlich konnte ich mich aus Toms Griff lösen und zwängte mich zwischen die beiden Streithähne. Beschwichtigend hob ich die Stimme: »Richtig, daher schlage ich vor, dass wir mal wieder unter Leute gehen.«

Der Arbeitskollege bewegte sich als Erster, rammte Aaron an der Schulter und schnappte sich schlagartig meine Hand, an welcher er mich förmlich in das angrenzende Wohnzimmer schleifte.

Unverzüglich schoss besagter, bester Freund hinterher, löste Toms Finger unsanft von meinen, ohne mir jedoch weh zu tun, und schubste ihn demonstrativ von uns beiden weg.

»Fass` sie gefälligst nie wieder so an!«, drohte Aaron böse. Schnaubend vor Wut stellte er sich warnend vor mich, als die Musik stoppte. Maya eilte herüber und rief:

»Schluss, jetzt! Die Feier sollte Juli aufmuntern und nicht ihre Bude mit Testosteron zu verpesten! Wir wollen doch alle nur etwas Spaß!«

Sachte nahm ich Aarons Hand in die meine und hob die andere zu seinem Gesicht, um selbiges einfühlsam zu mir zu drehen.

»Möchtest du ein bisschen mit mir auf die Couch gehen?« schlug ich möglichst geruhsam vor.

»Sag mal, geht`s noch?«, blaffte Tom mich an, bevor er mich ruckartig zu sich zog. Beinahe wäre ich gestürzt, wenn mein Freund mich nicht aufgefangen hätte.

»Ich dachte, wir sind miteinander beschäftigt?!« pampte mein Date mich ungehobelt an. Meine Augen sowie mein Mund verformten sich tonlos zu einem ungläubigen `O`.

»Du sollst nicht so mit ihr umgehen!«, schaltete sich Aaron wieder ein.

Tom sah ihn bitterböse an und verkündete:

»Kannst du dich mal raushalten? Du nervst! Wir wollten gleich eine Nummer schieben, verdammt! Checkst du es nicht?«

Jetzt schien auch mein aufmerksamer Freund sprachlos. Unterdessen legte Tom seinen Arm um mich und schob mich grob zum Schlafzimmer. Es war das einzige Zimmer, welches noch nicht von Menschen durchflutete worden war, sodass er, ohne meine Wohnung zuvor gesehen zu haben, sicher sein konnte, dass dort mein Bett stand.

»Aua«, entfuhr es mir bei den Versuchen, mich von ihm zu lösen. Sein Griff wurde noch fester und ich spürte seinen Körper darauf reagieren: Sein Atem klang tiefer, kehliger. Sein Herz hämmerte wie wahnsinnig gegen seine Brust und meinen Rücken. Ein Stück tiefer wölbte sich etwas Unangenehmes gegen meinen Po.

Gequält wand ich mich, einem Fisch auf dem Trockenen gleich.

Aaron, dicht gefolgt von Cameron, kam zu uns, doch Tom schubste ihn wieder weg.

»Entschuldigt uns. Wir gehen jetzt in das Schlafzimmer«, ranzte der Arbeitskollege beide Männer an, mit dem sturen Willen eines Esels.

»Nein, ich will das nicht«, protestierte ich lautstark mit aller Kraft. Tom ignorierte dies, was dafür sorgte, dass ich mich katzengleich am Türrahmen festhalten musste, um mich ihm zu widersetzen.

»Alter, es reicht«, murmelte ein Kommilitone, welcher sich zu meinem Beschützertrupp gesellte. Auch Justin, Mayas zweiter Verehrer stand dabei. Cameron versuchte, ihn an der Schulter zu drehen und sagte: »Wenn sie nicht möchte, musst du ...« -

»Was ist euer Scheiß Problem? Das geht euch gar nichts an«, pöbelte mein Peiniger. Zwar ließ er vorerst von mir ab, doch nun war ich an der Reihe, beleidigt zu werden.

»Erst willigst du zu einem Date mit mir  ein, dann lädst du mich hierher ein, wo ich dich angezogen wie eine dreckige Nutte vorfinde, und jetzt lässt du kleine Schlampe mich nicht einmal ran?«, prasselte es auf mich ein. Dabei hatte ich das Date nur nicht abgesagt, weil Maya es nicht guthieß. Ich hatte gehofft er würde bemerken, dass ich nur Interesse an einer Freundschaft hatte. Meine Gäste raunten vor Entsetzen, zu starr, um sich zu bewegen, auch ich war erstarrt, doch in meinem Inneren kochte es. Einzig und allein Aaron war es, der ohne zu zögern reagierte. Mit einer seiner großen Hände. In hohem Tempo. Auf Toms Gesicht zu. Er blickte meinen Retter eine Sekunde lang an, bevor er sich auf ihn warf, sodass beide zu Boden gingen. Fäuste flogen und Maya wollte dazwischen gehen, aber Cameron holte sie zu ihrem Schutz weg. Justin bemühte sich auf einer Seite und ich auf der anderen, die beiden Kämpfer auseinander zu bekommen. Wild raufte ich an Aarons Kampfpartner herum, um diesen von meinem Aaron fernzuhalten. Ruckartig sauste Toms Ellenbogen in meine Magengrube. Benommen sackte ich zurück zu Boden. Nach Luft ringend war ich gezwungen, zuzusehen, wie Aaron die Oberhand gewann und versuchte, seinen Gegner festzuhalten.

»Runter von ihm! Die Polizei ist hier! Ganz langsam!«, rief eine junge Polizistin, welche im Flur aufgetaucht war. Unterdessen schlängelte sie sich mit ihrem Kollegen hervor. Aaron ließ unweigerlich vom Konkurrenten ab, welcher allerdings seine Chance nutze und ihm noch solch einen harten Faustschlag in die Rippen verpasste, dass Aaron ebenfalls niederging. Daraufhin wurde Tom von dem Polizisten festgenommen.

»Beruhigen Sie sich endlich! Alle Beteiligten halten die Ausweise bereit. Der Rest verschwindet umgehend von hier!«, befahl die taffe Frau.

Die Menge rauschte ab und nur Maya, Justin, Cameron, Tom, Aaron und ich blieben zurück.

»Geht es Ihnen gut? Benötigen Sie einen Notarzt?«, fragte mich die Beamtin besorgt, als sie mir aufhalf. Ich schüttelte den Kopf und antwortete atemlos: »Geht schon, danke.« Die freundliche Beamtin brachte mich zum Sofa, bevor sie meine Kommilitonin anwies, ein Auge auf mich zu werfen. Derweil schilderte Mayas Schwarm als unparteiisches Mitglied den Beamten das Geschehen. Tom stand trotzig, wie ein kleiner Junge, am anderen Ende des Raumes und beobachtete mich wütend. Aaron hingegen kam zu mir und erkundigte sich nach meinem Wohlbefinden. »Gut, dann sind Sie drei jetzt entlassen. Bitte gehen Sie nun«, wies die Polizistin Maya und ihre beiden Flirtpartner an, das Haus zu verlassen. Die Staatsbediensteten trommelten uns zusammen und erklärten bestimmt: »Das läuft jetzt folgendermaßen: Mein Kollege spricht mit Ihnen in der Küche, Herr Meier, und ich mit Ihnen im Flur, Herr Kemper. Frau Binge, Sie warten bitte hier, denn zu Ihnen komme ich gleich.«

Die Männer gaben ihren resoluten Worten nach und taten wie geheißen. Einsam blieb ich zurück, zog die Beine dicht an meinen Körper und spürte den klaffenden Schmerz in meinem Magen, sowie die schwere Schuld auf meinen winzigen Schultern. Hätte ich Tom nicht eingeladen, wäre es nie soweit gekommen, dachte ich. Schließlich wurden Menschen verletzt. Zwei Männer hatten sich geprügelt, wurden gewalttätig, nur wegen meiner Unfähigkeit, zu meinen Gefühlen zu stehen. Ich kam zu dem Entschluss, dass ich wohl zu den schlechtesten Menschen überhaupt zählen musste. Aaron war verletzt. Das schmerzte tief in mir.

»Ich würde jetzt gerne mit Ihnen reden, Frau Binge. Herr Meier wird jetzt angewiesen, die Wohnung zu verlassen und Herr Kemper bleibt unterdessen im Bad, da er sich später noch um Sie kümmern wollte«, schilderte die Beamtin das

Vorgehen, als sie nach einigen Minuten das leere Wohnzimmer betrat. Ohne mich eines Blickes zu würdigen, huschte Aaron in mein Badezimmer. Tom tat es ihm gleich, allerdings aus der Wohnung heraus.

Die Polizistin setzte sich in ihrer steifen Montur neben mich, doch ich ließ nicht die winzigste Bewegung meinerseits zu.

»Frau Binge, wie die Situation geendet ist, wissen wir zu Genüge. Von Ihnen jedoch wüsste ich gerne, wie es zu dem allem kam«, sprach sie ruhig. Behutsam betrachtete sie mich, während ich nach den passenden Worten suchte.

»Es ist alles meine Schuld«, leitete ich unter Tränen meine Schilderung ein. »Tom habe ich lediglich eingeladen, um Aaron eifersüchtig zu machen. Wir kennen uns schon Ewigkeiten und… Ach! Das ist egal. Jedenfalls versteht er nicht, dass ich mich in ihn verliebt habe, also Aaron, daher auch dieser lächerliche Aufzug hier. Naja, bis Tom kam, war alles gut, doch dann war er recht aufdringlich. Um seiner Nähe zu entrinnen, gingen wir in die Küche, um uns Getränke zu holen, aber er ließ nicht von mir ab. Er schmiegte sich immer wieder an mich und ließ auch keinen Platz zwischen uns zu. Immer wieder versuchte ich, Abstand zu gewinnen, doch ohne Erfolg. Plötzlich stand Aaron in der Küche und die beiden ranzten sich an. Aaron, weil er merkte, wie unrecht mir das Ganze war und Tom, weil er mich scheinbar nur ins Bett bekommen wollte. Um uns zu beruhigen, gingen wir ins Wohnzimmer, wo es dann nach einigen Beleidigungen von Tom an mich ausartete. Ich versichere Ihnen, dass Aaron mich nur beschützen wollte und keine böse Absicht dahintersteckte. Tom versuchte, mich ins Schlafzimmer zu schleifen, da ist Aaron eingeschritten. Er schlug zwar zuerst zu, doch ich wüsste nicht, ob ich sonst irgendwie einer Vergewaltigung entkommen wäre. Die Beiden gingen zu Boden und beim Versuch, sie voneinander zu trennen, rammte Tom mir seinen Ellenbogen in die Magengrube. Ich schätze, dass ich das wohl verdient hatte. Ehrlich, ohne Aaron wäre weitaus Schlimmeres geschehen. Ich weiß, dass Gewalt keine Lösung ist, aber er hatte es doch nur gut gemeint.«

Die Polizistin machte sich einige Notizen auf einem kleinen Block und nickte eifrig, bis ich fertig war. Sie legte mir eine Hand auf den Arm, während ich in Tränen ausbrach. »Das verstehe ich und ich denke, Herr Kemper hat nichts zu befürchten. Möchten Sie Anzeige gegen Herrn Meier erstatten?«, erkundigte sie sich sachlich. Verdattert sah ich sie an. Die Beamtin beantwortete die unausgesprochene Frage kompetent: »Sie haben die Möglichkeit, Anzeige gegen ihn zu erstatten. Einerseits wegen sexueller Belästigung und Nötigung durch die Versuche, Sie ins Schlafzimmer zu zerren, andererseits wegen Körperverletzung. Den Schlag in die Magengrube konnten ihre Freunde bereits bestätigen. Überlegen Sie es sich in Ruhe und melden Sie sich bei mir, dann leite ich alles in die Wege.«

Die Frau gab mir ihre Karte und die Polizisten verschwanden wieder. In diesem Moment kam mein Schwarm aus dem Bad, ging zur Couch und ließ sich auf selbige fallen. Nach einer gefühlten Ewigkeit bemerkte ich seine Wunden, sodass ich aufsprang und in die Küche verschwand. Ich füllte eine Schale mit heißem Wasser und nahm einen sauberen Lappen, suchte Pflaster heraus und kramte einen Kühlakku hervor. Ungelenk trat ich mit den Utensilien in den Wohnraum und kniete vor meinem loyalen Freund nieder.

Den Akku reichte ich ihm mit den Worten: »Für deine Rippen.« Sorgsam tupfte ich sein Gesicht mit dem heißen Lappen ab, um die Wunden zu reinigen, danach klebte ich ein paar Pflaster auf die blutenden Schrammen. Er sah wirklich mitgenommen aus. »Es tut mir leid. Soll ich dich in ein Krankenhaus bringen?« erkundigte ich mich, als ich ihm bedeutete, seine Oberbekleidung abzulegen.

Mit schmerzverzerrtem Gesicht lehnte er dies ab, dann tat er, wie ihm geheißen. Einige Schrammen verteilten sich auf seiner Brust, doch darunter auf den Rippen prangte ein kräftiger Bluterguss. Achtsam wusch ich seine Wunden aus und versorgte sie.

»Muss das geröngt werden?«, wiederholte ich mein Anliegen. ihn zu einem Arzt zu bringen. Wieder ein Kopfschütteln. Meine Stimme war nur noch ein leises Wimmern. Als ich fertig war, blieb ich stumm und regungslos vor ihm knien.

»Es tut mir unfassbar leid«, entschuldigte ich mich nach einer Weile erneut.

»Schon okay, Jules. Es ist nur ein blauer Fleck. Wie geht es dir?«, wollte er wissen.

Kraftlos ließ ich mich vor ihm auf den Boden sinken.

»Okay«, erwiderte ich.

»Es tut mir auch leid«, flüsterte Aaron, weshalb ich mich nun zu ihm drehte.

»Ich wollte dich nur beschützen, denn ich hatte den Eindruck, du wolltest nichts von dem Kerl. Ich wollte dir nicht die gesamte Feier verderben«, fuhr er fort. Ich legte meinen schweren Kopf auf seinem Knie ab.

»Du hast nichts verdorben, Aaron. Es war allein meine Schuld. Ich bin so dumm, dabei wollte ich nur einen einzigen Tanz mit dir«, sagte ich betroffen. Anstelle einer Antwort tippte er auf seinem Handy herum, Musik erklang und er erhob sich. Sein langer Körper ragte neben mir auf, als er mir hoch half. Er ließ meine Hand nicht los, dann machte er ein paar Schritte und passend zu dem langsamen Lied legte er seine starken, rauen Hände auf meinen Rücken. Ohne Schuhe legte ich meine Finger soweit auf seine Schulter, wie ich konnte. Der Platz zwischen uns wurde deutlich geringer.

Gemütlich tanzten wir einen Stehblues.

Dort, als wir tanzten, waren wir allein.
Dort, als wir tanzten, gab es nur uns.
Dort, als wir tanzten, war alles perfekt.

## Kapitel fünf

Der Tag der Beerdigung begann definitiv zu früh. Einen Kater hatte ich wohl nicht, dennoch hämmerte mein Kopf, wie ich es sonst nur von meinem kleinen, verwirrten Herzchen kannte. Das machte mir das Aufstehen nur noch schwerer. Einige Minuten und mehrere Anläufe brauchte ich dafür. Nach einer ausgiebigen Dusche, in der ich versucht hatte, die Schuld von mir abzuwaschen, beseitigte ich die Überreste des vergangenen Abends. Gerade als ich den Müll in der Küche zusammenpackte, vernahm ich das Geräusch der sich öffnenden Wohnungstür.

»Hallo?«, rief ich verwundert

Aaron trat mit einer riesigen Brötchentüte in die Küche. Er trug einen schwarzen Anzug und eine dunkle Krawatte. Die Beerdigung, dachte ich. Vergessen hatte ich sie nicht, doch mit sämtlichem Schmerz und der Trauer in die hinterste Ecke meines geschundenen Hirns verdrängt.

»Guten Morgen, du bist ja schon wach«, stellte mein Freund überrascht fest. Nachdem er die Tüte abgestellt hatte, schloss er mich in seine Arme.

»Lass gut sein. Ich mache das schon. Schnapp dir etwas zu essen und hau dich auf die Couch«, wies er mich verständnisvoll an. Tränen schossen in meine Augen, daher tat ich, worum er mich bat. Heute war nicht der Tag für mein Gefühlschaos, sondern nur für meinen Opa.

Es ist nicht so, dass ich noch nie auf einer Beerdigung gewesen wäre, denn schließlich hatte ich vor ein paar Jahren meine Oma an den Krebs verloren, aber damals war es anders gewesen. Es war absehbar. Jetzt hatte man einen Menschen einfach mitten aus dem Leben gerissen. Es fühlte sich so surreal an: Wie konnte ein menschlicher Organismus in der einen Sekunde ein ganzes Rad bewegen und in der Nächsten einfach die lebenswichtigen Funktionen einstellen? Das war wohl eine dieser Fragen. Die unlösbaren Fragen, die das Leben für uns bereithielt, deren Antwort wir allerdings nie erhalten würden. Ein tiefer Atemzug stieß durch meine Lippen und Tränen sammelten sich in meinen Augen, aber heute erlaubte ich es. Wie fremdgesteuert schlenderte ich zum Kleiderschrank in meinem Schlafgemach. Ich kramte zwei schwarze Kleider heraus, hängte sie an die Türen und warf mich auf die weiche Matratze. Das eine war ein schlichtes, schwarzes Etuikleid, welches ich am Dienstag beiläufig für diesen Anlass mitgenommen hatte. An der anderen Seite hing das Kleid, das ich zur Beerdigung meiner Oma getragen hatte.

Ein Räuspern erklang aus der Richtung der Raumtür, dann fragte er: »Kann ich dir helfen?«

Mit den Ärmeln meines flauschigen Bademantels wischte ich mir die Wangen ab. »Ich überlege nur, was ich anziehen soll. Das neue Kleid oder ...« Ich versuchte, den Kloß in meinem Hals zu verdrängen.

»Oder das Kleid, das du bei der Beerdigung deiner Großmutter getragen hast«, ergänzte Aaron umsichtig. Ich nickte kurz und tonlos.

»Welches möchtest du denn tragen?«, hakte er interessiert nach. Ich deutete auf eines.

»Dann ist doch alles klar«, sagte mein Freund unbeeindruckt.

»Nein. Das geht nicht, denn das wäre respektlos. Schließlich hat er sein eigenes Kleid verdient. Bestimmt hätte er sich das gewünscht.«

- »Sieh mich mal an, Jules. Ich muss dir etwas sagen: Dein Opa ist tot. Das ist schrecklich, ich weiß, aber wir zelebrieren diese Beisetzung nicht für ihn. In erster Linie geht es um die Lebenden und darum, dass sie ihre Trauer bewältigen können. Wir gedenken den Verstorbenen, um zu verarbeiten, dass wir ohne sie fortleben müssen«, erklärte mir Aaron, welcher zu mir gekommen war. In seinen Augen schimmerten Tränen. Aaron wandte sich ab, doch diesmal umschlang ich ihn.

Die Bäume zogen an uns vorbei wie Wolken am Firmament. Seit ungefähr zwanzig langen Minuten waren wir bereits unterwegs und die Stimmung war zum Zerreißen gespannt, denn sogar das Radio hatte Aaron abgestellt. Entschlossen dem ein Ende zu setzten, sagte ich: »Wenigstens hatte der Abend doch noch etwas Gutes, findest du nicht? Also ich meine unseren Tanz...«

Ein zartes Lächeln umspielte seine schmalen Lippen, was wirklich schön zu sehen war.

Nach dem Tanz gestern hatten wir auf der Couch über Gott und die Welt gequatscht. Ich hatte mich kaum von ihm trennen können, doch irgendwann hatte er nach Hause gemusst, um noch etwas Schlaf zu bekommen. Wir hatten über so vieles aus unserer gemeinsamen Vergangenheit gesprochen: Die Schulzeit, unsere Ferienfreizeiten und unseren allerersten Kuss.

Damals war ich vierzehn und Aaron sechzehn Jahre alt gewesen. Er war nervös gewesen, weil seine erste Freundin unbedingt einen romantischen ersten Kuss von ihm haben wollte, doch ihm hatte das nicht behagt. Seinen ersten Kuss wollte er mit einem besonderen Mädchen haben, daher hatte er kurzerhand mich geküsst. Anschließend hatte er beschlossen, besagte Freundin wäre auf Dauer nichts für ihn. Später hatte er meist nur noch sehr kurze Beziehungen gehabt.

»Jules?«, unterbrach Aaron meinen nostalgischen Gedankengang, in dem er - wie immer - den Helden darstellte. Verblüfft und vollkommen ahnungslos sah ich ihn an.

»Ob du noch oft an unseren Kuss denkst?«, wiederholte er ausdruckslos, ohne den Blick von der nassen Straße zu heben. Immerhin hatte es aufgehört zu regnen, dachte ich.

»Du meinst den ersten?« platzte es schneller aus mir heraus, als ich denken konnte. Sogleich fasste ich mir mit der Hand an die Stirn. Erstaunt über so viel Dummheit spähte ich heimlich zu ihm hinüber. Sein Grinsen wurde bei seiner Antwort breiter: »Eigentlich schon, aber wir können auch gerne über die von letzter Woche sprechen.«

Sein schallendes Lachen erwärmte mich bis ins Innere. Sein breites Grinsen spannte bald über dem kantigen Kinn, welches aktuell von einem netten Dreitagebart geschmückt wurde.

»Manchmal denke ich daran. Es war süß«, sagte ich gedankenversunken, denn mein Herzchen hüpfte wieder. Wegen diesem Mann würde ich noch eine Herzrhythmusstörung bekommen, sinnierte ich. »Süß?« rief der Fahrer des Wagens, als hätte ich soeben seine Ehre beleidigt. »Nicht?« fragte ich irritiert.

»Ich war so nervös und schenkte dir meinen allerersten Kuss und was sagt meine Herzdame dazu? Süß!«, prustete er zwischen wenigen

Lachern. Ich lachte: »Süß ist doch nicht schlecht. Wir waren jung.«

»Come on! Süß würde meine Oma sagen!«, verteidigte er sein jüngeres Ich, aber musste nur noch lauter lachen.

»Lachst du mich etwa aus?«, spottete er.

»Ich? Ach was! Es war nun mal süß. Kann ich auch nichts dran machen«, stieg ich in seinen Spott ein.

»Wenigstens waren es die letzten nicht«, japste er. Stille folgte.

»Oder?«, fragte er bierernst.

Unweigerlich lachte ich, doch er schien zu unsicher in seinen Qualitäten.

»Nein, es war nicht süß. Es war ... «

»Ja?«, lockte er nach einer Antwort.

»Du quälst mich jetzt so lange, bis du etwas Zufriedenstellendes hörst, oder?«, entgegnete ich melodramatisch.

Heftiges Nicken seinerseits ließ keine Fragen zu. Ich überlegte.

»Ich denke, es war ... gut«, dachte ich laut.

»Ich wollte nicht wissen, was du denkst, sondern was du gefühlt hast?«, kicherte er, als hätte ich einen Scherz verpasst.

»Ich habe mich gut gefühlt«, zog ich ihn auf, »ansonsten war es schon ein heißer Kuss ... oder? Halt mal, wieso werde ich jetzt ausgehorcht? Haben dich meine Qualitäten nicht überzeugt?«

Verunsicherung breitete sich in mir aus. Mir hatte noch nie jemand gesagt, ich würde schlecht küssen, aber schließlich sagte man so etwas auch nicht. Eigentlich hatte man mir auch nie etwas Gegenteiliges gesagt.

»Oh Himmel! Ich küsse schlecht?«, fragte ich panisch, als ginge es um mein Leben. Wieder lachte der Mann neben mir lauthals.

»Was?«, entfuhr es ihm. Nachdem er sich etwas beruhigt hatte, erfuhr ich endlich mehr:

»Nein, das ist doch absurd. Glaubst du ehrlich, ich hätte dich so gewollt, wenn du küsst wie eine Viertklässlerin?«

Das klang interessant, und ich hätte unfassbar gern mehr aus ihm herausgequetscht, doch augenblicklich erreichten wir den Friedhof. Aaron parkte gekonnt, stieg aus und öffnete die Beifahrertür für mich. Bereits beim Ausstieg sah ich meine zierliche Mutter in der Ferne vor der Kapelle. Mein Onkel hielt sie fest im Arm, denn sie gaben einander Halt. Beide waren aufgelöst. Meine Tante und Cousins nahmen die Blumen der Trauergäste entgegen, bevor sie diese hineinbrachten und vor den Sarg stellten. »Wir schaffen das«, hauchte mein Begleiter in mein Ohr, als er meine Hand nahm. Gemeinsam schritten wir den Gang entlang zu meiner Familie. Alte Freunde meiner Großeltern versammelten sich vor dem kleinen, weißen Gebäude mit Flachdach. Die Stimmung verursachte unmittelbar einen so dicken Kloß in meinen Hals, dass ich sanft Aarons Hand drückte. Meine Mutter schloss mich in die Arme. Nachdem sie sich gefangen hatte, sagte sie: »Tut mir leid. Irgendwie sollte ich gefasster sein.«

»Schon gut, Mama. Es kam für uns alle unerwartet«, tröstete ich sie mit bebender Stimme. Nervös entfernte sie einige Tränen von ihrem Gesicht.

»Schön, euch zusammen zu sehen«, lachte sie, bevor sie Aaron umarmte. Unwillkürlich zuckte er wegen dem schmerzendem Rippenbogen zusammen.

»Eigentlich ...«

setzte ich an, ihre Annahme zu revidieren, doch mein Freund drückte meine Hand und schüttelte den Kopf. Meine Mutter bemerkte es nicht. Zwar löste sie sich von ihm, doch los ließ sie ihn nicht.

»Was ist denn mit dir passiert, Aaronschatz?« erkundigte sich meine Mutter nach dem lädierten Mann.

»Es geht mir gut«, winkte er ab »Jemand hat sich Juliette gegenüber äußerst respektlos verhalten, was leider etwas ausgeartet ist, aber alles in Ordnung. Deine Tochter hat mich liebevoll verarztet.«

Die zierlichen Hände erhoben, kicherte sie: »Zu viel Information. Eure nächtlichen Aktivitäten gehen mich nichts an. Es reicht, wenn ihr mich zur Verlobungsfeier einladet.« Kurz vergaßen wir, wo wir waren.

»Juliette«, sagte mein Onkel, welcher mich sofort schnappte. »Gut siehst du aus«, lächelte er mühsam, doch seine Augen waren durch die Tränen gerötet. Wir wünschten uns einander Beileid, dann reichte mir meine Tante die Hand und flüsterte kaum hörbar: »Etwas länger hätte das Kleid durchaus sein können. Wir sind schließlich nicht im Bordell.« Ich war nicht überrascht, da sie selten ein gutes Wort für mich übrig hatte. Aaron blickte fragend zu mir, als wolle er wissen, was sie sagte, aber ich schüttelte bloß kurz den Kopf.

«Juli!«, riefen meine Cousins wie aus einem Mund. »Wie geht`s dir, Juli? Wir haben dich so sehr vermisst!« jammerte der jüngere Zwilling.

»Ich euch auch«, murmelte ich, als ich die beiden zwölfjährigen liebevoll umarmte. Gemeinsam gingen wir in das Gebäude, dann bat mich meine Mutter, ebenfalls ein paar Worte zu sagen. Ihre herzzerreißende Miene ließ keinen Widerspruch zu, weshalb ich brav zustimmte. Die Trauerfeier selbst zog etwas an mir vorbei: Die Gebete, die Schweigeminute und die Worte des Pastoren. Erst bei dem persönlicheren Teil war meine Aufmerksamkeit wieder klar. Meine Mutter und ihr Bruder konnten kaum sprechen, als sie sich für die wunderbare, behütete Kindheit bedankten. Meine Cousins lasen ein paar Fürbitten vor und legten zwei selbstgemalte Bilder auf den Sarg. Es war an der Zeit. Unruhig erhob ich mich, ging nach vorne und zupfte unruhig den Saum des Kleides glatt. Das lähmende Gefühl von Anspannung verhinderte jegliche Muskelkontraktionen, sodass ich nur da stand. Alle blickten mich erwartungsvoll an, mit der Frage, welche bewegenden und einprägsamen Worte ich für meinen Großvater bereithielt. Ich zwang meine Augen, zu Aaron zu sehen. Er lächelte sanft, machte eine kleine Geste und schaffte es, seinen Mut auf mich zu übertragen.

»Guten Morgen allerseits. Leider wurde ich gerade erst gebeten, etwas zu sagen, daher müssen Sie leider mit meiner Spontanität vorlieb nehmen«, versuchte ich mich zu rechtfertigen. Ich fragte mich fieberhaft, was ich sagen sollte, was meinem lieben Opa gerecht würde. Dann fiel mein Blick wieder auf Aaron. Ein Geistesblitz durchschoss mich und ich erzählte selbstbewusst: »Wissen Sie, heute morgen vor dem Kleiderschrank hatte ich einen sehr emotionalen Moment.« Kurzes Lachen der Menge. »Nein, ehrlich. So unwichtig es klingen mag: Ich wusste nicht, was ich anziehen sollte. Ich fragte mich, in welchem Kleid mich meine Großeltern gerne sehen würden, worin ich sie stolz machen würde. Konnte ich das Kleid von der Bestattung meiner Oma noch einmal tragen, da sie ja zusammengehörten, oder verdiente mein Opa ein ganz eigenes? Jemand, der mir sehr wichtig ist, beendete meine Zweifel. Der junge Mann blickte mich mit seinen braunen Augen an und sagte mir, dass mein Opa tot sei. Es wäre hart, aber so wäre es jetzt nun mal. Zugegeben, die Erkenntnis hatte ich schon, aber dann erklärte er mir, dass die Bestattung für uns Lebenden da ist, um die Trauer und den Schmerz gemeinsam mit seinen Liebsten zu verarbeiten. Plötzlich machte seine Aussage Sinn, und so ungern ich es zugebe: Er hat Recht. Wir alle haben ein Füllhorn an Momenten mit meinen Großeltern erlebt und sie leben in uns weiter. Oma und Opa sind jetzt zusammen an einem besseren Ort, aber wir sind hier. Daher lasst uns ihr Leben feiern, sowie all die wunderbaren und lustigen Momente, die wir mit den Beiden erlebt haben. Solange uns der Schmerz genommen wird, ist alles gut. Wir sollen uns unterstützen. Das hätten sie sich auch gewünscht.«

Das Publikum klatschte, manche lächelten, manche brachen in Tränen aus. Es war in Ordnung. Stolz lief ich zu meinem Platz und setzte mich. Meine Familie weinte. Aaron knuffte mir kurz die Hand und sagte: »Das war wunderschön.«

Die Tränen in seinen Augen glitzerten, sodass ich ihn drücken musste.

Anschließend sollte der Sarg zu Grabe getragen werden, jedoch fehlte ein Träger, da die Freunde meiner Großeltern zu gebrechlich zum Tragen waren. Erneut sammelten sich Tränen in meinen verweinten Augen, doch Aaron meldete sich, ohne zu zögern.

»Ihr seid wirklich wie für einander geschaffen. Ich wusste es«, flüsterte mir meine Mutter aufgeregt zu, als wir hinter dem Sarg zum Grab gingen. Trotz der Tragik hatte die Szenerie etwas Komödiantisches, da der Sarg dank Aarons Körpergröße eine unübersehbare Schieflage hatte. Meine Familie war im wahrsten Sinne des Wortes: klein. Am passenden Loch in der tiefen Erde wurde der Sarg hinuntergelassen. Wir warfen weiße Rosen hinein. Eine Geste, die wir bereits bei der Beisetzung meiner Großmutter gemacht hatten. Sie liebte weiße Rosen. Auf dem Weg zum Auto fühlte ich mich schuldig, denn ich hatte meines Erachtens zu wenig zum Abschied beigetragen, weswegen ich mich bei meiner Mutter entschuldigte.

»Du hast genug getan, Liebes«, sagte sie, während sie mir einen Kuss auf die Stirn drückte.

An Aarons Flitzer angekommen, hielt mein Freund meiner Mutter die Beifahrertür auf, jedoch lehnte sie ab mit den Worten: »Ich bin zwar alt, aber so alt auch nicht, dass ich nicht mehr hinten sitzen kann.« Den Humor hatte ich definitiv von ihr. Nach einem Augenblick der Stille fasste sich meine Mutter ein Herz und jubilierte wahrhaft freudig: »Jetzt aber mal zu etwas Gutem. Wie lange seid ihr Beiden denn zusammen und warum wurde ich nicht informiert?« Kurz aber herzlich lachten wir. Natürlich machte sie eine ganze Arschbombe ins Fettnäpfchen der Peinlichkeit, so war sie nun mal. Aaron antwortete grinsend: »Wir sind nicht zusammen, Conni.«

»Noch nicht?«, fieberte sie auf der Rückbank mit meinen Emotionen um die Wette. Wir schwiegen. »Na gut, aber ich bin die Erste, die informiert wird«, gab sie unzufrieden nach. Lächelnd nickten wir im Einklang.

»Habt ihr mitgekriegt, wie schief der Sarg war?«, platzte es einen Augenblick später aus meiner Mama heraus.

Unverzüglich fiel ich in ihr glockenhelles Gelächter ein. Nach einem Moment prustete Aaron: »Ich wollte doch nur helfen!«

Unser Gelächter wurde noch lauter. Es hielt bis zur Gaststätte an. Bevor wir jedoch aussteigen konnten, ergänzte meine Mutter: »Also unserer Familie würdest du einen richtigen Wachstumsschub bescheren.«

Die Trauergemeinde begrüßte sich, mein Onkel brachte einen kurzen, aber emotionalen Toast aus, dann aßen wir gemeinsam. Zu essen gab es eine Tomaten- und eine Rindfleischsuppe, sowie ein paar belegte Brote. Bis zum Kuchen hatten sich bereits die meisten Gäste verabschiedet, sodass wir mit meinem Onkel und seinen Kindern beisammen waren. Es war ein ruhiger

Nachmittag, obwohl gelegentlich jemand weinte, aber dafür war dieser Tag doch auch da, dachte ich.

»Juli, Stefan und Frederik, wir wollten mit euch dreien sprechen«, begann mein Onkel ernst.

Entschlossen nahm er in die eine Hand die Hand seiner Frau und in die andere die meiner Mutter.

»Richtig« hob sie ihr zartes Stimmchen an.

»Euer Großvater hat uns allen etwas Geld vererbt. Wir haben darüber gesprochen und beschlossen, das Geld für euch Kinder aufzuteilen. Stefan und Frederik, ihr bekommt euren Teil zum 16. Geburtstag für den Führerschein und ein kleines Auto. Juli, dein Sparbuch habe ich mitgebracht«, schilderte mein Onkel den Geldsegen und reichte es mir. »Seid ihr sicher? Ihr könnt das Geld doch genauso gebrauchen und nach Erbrecht seid auch ihr die Erben«, trug ich meinen Einwand vor. »Schon gut. Das hätte euer Großvater so gewollt. Wir haben noch den Verkauf der Wohnung. Macht euch keine Sorgen um uns, sondern freut euch einfach«, bat meine Mutter mit einem Lächeln, das jeden Eisklotz schmelzen könnte.

Meine Tante Bettina fügte für ihre Kinder noch hinzu: »Damit die Wartezeit für euch nicht zu lang ist, bekommt ihr zu Weihnachten einen Laptop. Natürlich hauptsächlich für die Schule.«

Ohne einen Blick auf den Inhalt zu werfen, verstaute ich mein Sparbuch in meiner kleinen, roten Handtasche. Ich bedankte mich aufrichtig und nach einer weiteren halben Stunde beschlossen wir, zu gehen. Pauli bestand darauf, die Schichten mit mir zu tauschen, sodass es nun ein langes Wochenende werden würde. Unmotiviert ließ ich mich in Aarons Beifahrersitz sinken, bevor ich die geschundenen, verquollenen Augen schloss.

## Kapitel sechs

»Aufwachen, Jules. Wir sind bei dir«, fanden Aarons Worte melodisch einen Zugang zuerst zu meinem Gehör, dann zu meinem Gehirn. Schlaftrunken öffnete ich meine Lider, sodass ich mich irritiert umsehen konnte. Ich musste eingeschlafen sein. Er hatte Recht, denn wir standen vor meinem Wohnkomplex, beziehungsweise dem, in dem ich lebte. »Möchtest du dieses Wochenende lieber zu mir kommen?«, wisperte Aaron in angenehmer Lautstärke verständnisvoll. Noch immer müde, nickte ich dankbar für das Angebot. Wir packten oben angekommen ein paar Dinge ein, sodass wir weiter zu Aarons Wohnung fahren konnten.

Dort angekommen fielen wir unmittelbar auf die Couch. Mein Körper fühlte sich an, als wäre ich einen Marathon gelaufen, doch ich hatte erstaunlicherweise noch Energie, und mein Kopf drohte vor Überfüllung zu platzen.

»Was willst du jetzt machen? Filmeabend und Pizza?«, fragte mein fürsorglicher Freund mich. Tatsächlich war mir mehr nach Bewegung, also antwortete ich:

»Eigentlich würde ich lieber schwimmen gehen. Was hältst du davon?« Zögerlich willigte mein Kompagnon ein, weshalb wir eine gemeinsame

Tasche packten und uns erneut im Auto wiederfanden. Ich musste die nächsten Wochen viel Bus fahren, wenn ich das auf meinem Karmakonto wieder ausgleichen wollte, dachte mein umweltbewusstes Ich.

»Oh, Sie haben Glück! Heute findet in unserem Schwimmbad ein Candle- Light- Schwimmen statt. Es sind auch sehr wenige Badegäste anwesend, also ist es wirklich romantisch. Viel Spaß«, wünschte uns die Kassiererin und überreichte uns die Chips zum Einlass. Irritiert bedankten wir uns, schritten aber zu den Kabinen. Es war tatsächlich so leer, dass wir zwei nebeneinander liegende Umkleiden nehmen konnten.

»Warst du schon mal bei einem Event hier?«, erkundigte ich mich, als ich mein Outfit wechselte. »Nein, ohne dich gehe ich nicht schwimmen. Für mich ist das irgendwie zu unserem Ding geworden«, versicherte er mir.

»Also haben wir ein Ding«, flirtete ich dieses Mal scherzhaft, als seine Tür sich neben mir öffnete und schloss. Auch ich trat hinaus und reichte ihm meine Kleidung, um sie in der Sporttasche zu verstauen. Anschließend gingen wir zu den Spinden und er sagte ebenso scherzhaft: »Naja, ich habe definitiv ein Ding. Sogar ein großes.«

Vor Lachen ließ ich glatt mein Handtuch auf den Boden fallen, welches mir der Mann in der grünen Hose und dem Beinahe - Sixpack aufhob.

»Das ist der schlechteste Anmachspruch, den ich je gehört habe! Wenn du den in meiner Anwesenheit bringst, schulde ich dir fünf Euro!«, spottete ich. Es war ein angenehmes Gefühl, so ausgiebig lachen zu können. Im Bereich mit den Becken angekommen, bat mich Aaron, den Schlüssel unseres Spindes um sein Handgelenk zu binden. Gesagt, getan. Der vertraute Duft des Chlors stieg in meine Nase. Es war erstaunlich ruhig und ich konnte nur zwei andere Paare in allen drei Becken ausmachen. Hinten im Schwimmerbecken befand sich ein älteres Pärchen, welches fleißig seine Bahnen schwamm und sich unterhielt. In dem innen liegenden Freizeitbecken knutschte ein junges Pärchen eifrig unter den Adleraugen des Bademeisters.

Ein wenig konnte ich sie verstehen, denn es sah wirklich aus wie in einem Kitschroman beschrieben: Überall standen Stumpenkerzen und das Licht war gedimmt. Bei dem Kinderbecken waren keine Kerzen, vermutlich, damit sie die Kerzen mehrfach verwenden konnten. Auf den Erhebungen, dem Wasserfall und den Tischen flackerten die feurigen Lichter, sodass es unbeschreiblich schön aussah. Die Liegen waren paarweise zusammengeschoben. Nah genug zum reden, aber weit genug auseinander, um einen zu intimen Kontakt zu verhindern. Sogar Rosenblüten waren verstreut worden. Ich musste lächeln und so sehr ich versuchte, Aaron als meinen Freund zu betrachten, schien etwas dagegen zu sein.

»Als hätte deine Mutter das eingefädelt«, erklang Aarons tiefe Stimme, bevor er zu kichern begann. Ich fiel in sein Lachen ein.

»Ich wusste nichts davon«, schwor ich. Wir legten unsere Handtücher ab und schlenderten zu dem Becken, welches in den Outdoorbereich führte. Das Wasser war angenehm warm und beruhigte mich außerordentlich. Aaron blieb hinter mir und schien das warme Nass ebenfalls zu genießen, während er seinen Prachtkörper unter dem Wasserfall berieseln ließ. Konzentriert auf unsere Freundschaft holte ich so tief Luft, dass ich unter der Abdeckung nach draußen tauchen konnte. Beim Auftauchen legte sich die kühle Abendluft auf meine feuchte Haut. Leichte Gänsehaut breitete sich darauf aus, ohne dass ich wirklich fror. Ein wenig weißlicher Nebel entstand über dem Wasserspiegel, an dem warmes Wasser auf

kalte Luft traf. In der Ferne erstreckten sich die
Baumgipfel gen Himmel. Es war schon fast
unheimlich, wie still es war. Neben mir erkannte
ich Aarons Silhouette, welche kurze Zeit später
ein Stück vor mir auftauchte. Während er die
Szenerie vor uns betrachtete, beobachtete ich ihn.
Von seinen dunkelblonden Haaren, welche durch
das Wasser noch dunkler wirkten, tropfte das
Wasser hinab, perlte über seine breiten Schultern
herunter zu Rücken und Armen, bevor sie im
Schwimmbecken landeten. In schmalen Bahnen
rann die Flüssigkeit über seine tätowierten Arme.
Nahezu bedächtig bewegte er sich zum
Beckenrand, lehnte sich an und reckte das
maskuline Kinn zum Himmel. Es war ein
unfassbar schöner Abend. Langsam durchquerte
ich das Wasser zu ihm, setzte mich aber auf eine
kleine Sitzfläche neben ihm. Ohne den Blick zu
senken, legte er einen Arm um mich. Seine
Wärme vertrieb meine Gänsehaut augenblicklich.
Meine Arme wanden sich in einer lockeren
Umarmung um seine Taille. Das Gefühl von
Zweisamkeit, Intimität und Liebe durchdrang
mich.

»Schön, nicht wahr?« hauchte ich wenig
geistreich, doch dafür voller Emotion.

Er nickte nachdenklich, dann senkte er seine
braunen Augen zu mir.

Für wenige, wunderbare Sekunden hoffte ich,
Aaron würde mir seine Liebe gestehen ... oder

mich küssen ... oder etwas in der Art, doch er sagte:

»Jules, wegen gestern ... Was war das eigentlich mit diesem Typen?«

Mein Herz wurde schockgefrostet und zersprang in tausende Teile. Hatte er wirklich in so einem unfassbar romantischen Augenblick nur noch die Auseinandersetzung im Kopf? Ich meine, seine Wunden sahen nur wenig besser aus und seine Rippen waren noch immer blau, aber konnte er es nicht für diesen Moment auf sich beruhen lassen? Irritiert und verletzt rutschte ich von ihm weg.

»Mit Tom, meinst du?«, flüsterte ich mehr zu mir selbst als zu ihm. Mit eiserner Miene nickte mein Freund.

Unschlüssig darüber, wie ich ihm mein Handeln erklären sollte, wischte ich mir mit dem rechten Handrücken über die Stirn. »Das ist eine lange Geschichte«, wisperte ich schuldbewusst.

»Ich habe Zeit«, fuhr er mich versehentlich an. Kurz konnte man Ärger und Wut in seiner Mimik erkennen, bevor er wieder sein Pokerface aufsetzte. Einsichtig begann ich, zu erklären: »Er ist ein Arbeitskollege von mir, doch meist haben wir keine Schichten zusammen. Hin und wieder treffen wir uns beim Schichtwechsel. Das hat er vergangenen Samstag als Gelegenheit genutzt und mich um ein Date gebeten. Er wirkte sehr nett und auch irgendwie unsicher, da habe ich gedacht, warum nicht? Jedenfalls plante Maya am Montag die Feier mit mir, Tom schrieb zufällig, daher luden wir ihn ein. Ich nahm an, es wäre unverfänglicher und weniger intim, wenn so viele Leute dabei wären.«

Während meiner Rechtfertigung verdunkelte sich sein markantes Gesicht.

»Nach weniger intim sah das beim Tanzen aber wohl nicht aus«, brummte er angespannt. Mit Sicherheit meinte er es nicht bösartig, aber für jemanden, der einmal im Monat die Freundin wechselte, lehnte er sich gefährlich weit aus dem Fenster.

»Statt meine Arbeitskollegin anzugraben, hättest du ja auch mit mir tanzen können. Abgesehen davon ist an ein wenig Tanzen nichts Schlimmes«, pampte ich gereizt zurück.

Reue verspürte ich sofort, doch in Aarons Augen blitzte etwas auf. Etwas wie Schmerz. So schnell wie es kam, wich es auch wieder der Wut.

»Ich habe doch gar nicht diese Pauli angebaggert. Abgesehen davon kann ich flirten, mit wem ich will, wenn du dich an jeden Hans und Franz ran schmeißt«, schnaubte Aaron kontrolliert. Zugegeben, mein Verhalten mit Tom war nicht gerade vorbildlich, aber das von Aaron war mindestens ebenso bitter.

»Flirte ruhig, mit wem du willst. Du hast komplett Recht. Es ist deine Entscheidung, aber das ist noch lange kein Grund, derart grausam und unfair zu sein«, warf ich ihm betroffen an den Kopf und tauchte ins Schwimmbecken ab. Meinem Ärger schwamm ich in einigen Bahnen davon. Nach einer Weile sah ich, wie er dasselbe tat. Zwei Seelen, die unaufhaltsam vor ihrer Wut davonschwammen.

Auf dem Rückweg sprachen wir kein einziges Wort. In der Wohnung angekommen, kramte ich seinen Satz Ersatzbettwäsche hervor, machte mich bettfertig und verkroch mich auf das Sofa. Aaron wirbelte zwar noch in der Küche herum, doch ich tat, als würde ich in meinem Buch lesen. Natürlich war mein Kopf dazu nach dem Streit nicht mehr in der Lage. Abermals stellte sich in meinem Inneren das wohlbekannte Gefühlschaos ein: Schreien vor unbändiger Wut oder hemmungslos weinen, weil es so schlecht für mein geschundenes Herzchen aussah? Ich entschied mich für stilles, unauffälliges Leiden. Plötzlich ließ sich der schlechtgelaunte Mann neben mir auf der Couch nieder.

»Was liest du da?«, fragte er leise. Ich schloss das Buch und hielt es ihm demonstrativ entgegen.

»Stephen King ... sehr spannend«, murmelte mein schuldbewusster Freund. Behutsam reichte er mir eine tannengrüne Karte.

»Ich wollte dich schon seit einer Weile dorthin einladen. Würdest du mich begleiten?«, erkundigte er sich schüchtern, aber mit verführerischem Unterton.

Wäre ich nicht derart wütend auf ihn gewesen, dann wäre ich ihm unmittelbar um den Hals gefallen, doch ich blieb, wo ich war. Wie konnte er bloß so ein Arsch sein und dennoch mein Herz dermaßen verzaubern? Ich betrachtete die Einladungskarte:

*Große, alljährliche Benefiz- Gala*

war vorne drauf gedruckt. Ich öffnete sie interessiert und las:

*Liebe Kolleginnen und Kollegen,*

*wieder einmal ist es an der Zeit für unsere wohlbekannte, jährliche Benefiz Gala.*

*Das diesjährige Motto lautet:*

*Grün und Rot- Die Farben eines Weihnachtsmärchens*

*Für ausreichend Verpflegung, sowie Getränke ist gesorgt.*

*Die gesammelten Spenden werden zu ¾ an das örtliche Kinderhospiz und zu ¼ an das städtische Tierheim gestiftet.*

*Begleitung erwünscht.*

Darunter befanden sich in schwarzen Lettern Datumsangabe und Adresse sowie der Name der gastgebenden Firma. Von diesem Event hatte ich tatsächlich schon mal von Aaron gehört. Es wurde jedes Jahr von den größeren, kooperierenden Firmen der Region, darunter auch

Aarons, veranstaltet, um Spenden für diverse Aktionen zu sammeln. Der Gastgeber wechselte jährlich und finanzierte den Abend.

»Ich weiß, es klingt nicht nach einem aufregendem Abend, aber ich war bereits die vergangenen Jahre allein dort, weshalb ich dich dieses Jahr wirklich gerne dabei hätte«, versuchte er, mich zu überreden.

Einen Moment lang ließ ich ihn noch schmoren, bevor ich ihm in die Arme fiel und beinahe kreischte:

»Das klingt wundervoll!«

Samstagmorgen wartete ich gleichermaßen euphorisch wie nervös vor Aarons Haustür auf meine beste Freundin Maya. Sobald der Dresscode als Galamode deklariert wurde, stand fest, dass ich ein neues Kleid benötigen würde. Ich hatte zwar Kleider, doch etwas wahrhaft galataugliches war nicht dabei.

In der Ferne konnte ich meine Freundin an der Bushaltestelle erkennen, welche eilig zu mir lief. Auch ich lief ihr entgegen und wir trafen uns an Aarons haltendem Wagen, denn er hatte angeboten, uns zu fahren. Angeblich hätte er etwas in der Stadt zu erledigen gehabt. Herzlich begrüßten wir uns und fuhren los. Dort befand sich ein großes Abend- und Galamodenhaus. Aaron bat ich, uns an meiner Bankfiliale herauszulassen, denn ich musste vorher Geld abheben. Mein Freund versicherte uns in kürzester Zeit da zu sein, falls wir ihn brauchten.

Als der Wagen außer Sichtweite war, sagte Maya grinsend:

»Also, wenn der nicht verliebt in dich ist, dann weiß ich auch nicht mehr.«

Entspannt betraten wir die Bank.

Ich war erleichtert, dass ich mein Sparbuch noch nicht aus meiner Handtasche geräumt hatte.

»Erzähl mal«, forderte ich sie auf, »Wie lief es Donnerstag noch bei euch? Ich habe gesehen, dass sowohl Cameron als auch Justin heftig mit dir geflirtet haben, aber dann musstet ihr ja gehen...«

Beiläufig kramte ich das Finanzbuch aus der Tasche, da wir an der Reihe waren.

Die Bankkauffrau fragte uns lächelnd:

»Guten Tag, die Damen. Was kann ich für Sie tun?«

»Ich habe Geld auf einem Sparbuch erhalten, das für mich eröffnet wurde und würde dieses gerne auf mein Giro- und Tagesgeldkonto umverteilen, sodass das Sparbuch aufgelöst werden kann. Wie lange dauert es denn, bis das Geld am jeweiligen Konto ankommt?« bat ich um Auskunft und öffnete beiläufig das Büchlein. Zeitgleich kippte ich beinahe hinten über.

*6.000€*

war in schwarzen Ziffern zu lesen.

»Auf dem Girokonto binnen einer Stunde und auf dem Tagesgeldkonto am nächsten Werktag, also Montag«, informierte mich die fröhliche Angestellte. Langsam erlangte ich meine Fassung wieder. Mit einer dermaßen hohen Summe hatte ich nicht gerechnet. Wohl, dass es für ein teureres Kleid reichte, aber nicht für einen ganzen Kleinwagen. Kurz dachte ich über die Verteilung nach und entschied mich, es so zu handhaben, wie meine Großeltern es getan hätten.

Ich reichte der netten Frau das Heft und antwortete:

»Vielen Dank. Bitte buchen Sie 1.000 € auf das Gehaltskonto und den Rest auf das Tagesgeldkonto.«

Höflich nickte sie, bevor sie mein Anliegen bearbeitete. Unterdessen dachte ich über die Geldmenge nach: Den größten Teil legte ich beiseite für Unverhofftes, Wünsche und Träume, doch etwas behielt ich für mich. Mein Opa sagte immer, dass es gut wäre, Geld zu haben, doch hin und wieder musste man sich davon auch etwas leisten, ob es etwas Ersetzbares wie Kleidung war oder der Geist es verlangte.

Als chronisch pleite würde ich mich nicht bezeichnen, doch mit Semestergebühren, Miete und Nebenkosten, sowie einem unstillbaren

Lesehunger blieb von meinem Gehalt nur noch eine schmale Summe übrig. Hin und wieder neue Kleidung oder ein Gang ins Kino war drin, doch ich blieb meist eher sparsam.

Dieses Mal jedoch würde ich Geld für mich ausgeben können, das kam mir gelegen. Erstens wegen der Gala, welche in zwei Wochen stattfinden sollte, und zweitens, weil in meinem Kleiderschrank eine gähnende Leere herrschte und ich wirklich dringend neue Kleidung für den Winter brauchte. Als ich nichtsahnend zu Maya sah, blickte sie mich mit ihren nahezu schwarzen Pupillen fragend an.

»Von meinem Opa geerbt«, erläuterte ich ihr, als die Bankangestellte wieder bei uns war. »Mein aufrichtiges Beileid«, sagten die beiden Frauen synchron. Ein paar Sekunden später reichte mir die fremde Dame meine Bankunterlagen und erkundigte sich serviceorientiert nach weiteren Anliegen. Dies verneinte ich knapp, bevor wir ihr einen guten Tag wünschten.

»Also zu deiner Frage von gerade«, trällerte meine Freundin, als wir die Bank verließen.

Auf dem Weg zu unserem gemeinsamen Ziel führte meine Freundin ihre Antwort etwas aus:

»Als die Beamten uns entließen, überlegten wir erst einmal, wohin wir gehen könnten«

Mit weit aufgerissenen Augen sah ich sie verblüfft an:

»Mit Beiden?«

»Nein, Nein. Justin hat glücklicherweise schnell begriffen, dass ich nichts von ihm wollte, daher verließ er uns direkt. Cameron und ich standen noch ein bisschen vor deinem Haus, dann bat er mich, mit zu ihm zu kommen, doch ich muss sagen, nachdem ich dich und Aaron so gesehen habe, wollte ich das nicht mehr. Ich sagte ihm, dass er sich schon etwas mehr anstrengen müsste und rief mir unmittelbar ein Taxi«, erklärte meine neu erklärte Leidensgenossin lachend.

»Echt? Was hat er dazu gesagt?«, fragte ich sie, während ich an ihren Lippen hing.

»Nichts, der war völlig Baff!«, sang sie fröhlich. Kichernd wie Schulmädchen betraten wir den angepeilten Laden. Drei Etagen voller Kleider und Kostüme. Spärlich verstreut konnte ich ein paar zartrosa Kabinen und Stühle ausmachen, doch ansonsten dominierte weiß das Gebäudeinnere. Wenige, goldene Leuchter, sowie Kerzenständer zierten das Geschäft mit den Unmengen an textilen Waren.

Eine Verkäuferin in feinem Kleid steuerte lächelnd auf uns zu und bot an: »Guten Morgen. Wie kann ich Ihnen behilflich sein?«

Ich suchte noch nach den richtigen Worten, als Maya bereits erklärte:

»Meine Freundin hier, Juli, wurde von ihrem großen Schwarm zu einer weihnachtlichen Gala eingeladen, daher benötigt sie ein wahrhaft umwerfendes Kleid.«

»Größe 36/38?«, fragte die konzentrierte Frau wortkarg.

Ich nickte ungläubig, da sie trotz weiter Kleidung meine Kleidergröße erriet.

»Haben Sie die Einladung dabei? Dann kann ich mir ein Bild davon machen, was angemessen wäre«, erkundigte sie sich.

Zustimmend überreichte ich ihr die kleine, grüne Karte.

»Perfekt! Bei diesem Event kenne ich mich bestens aus, denn ich habe sogar die Frau des Veranstalters eingekleidet. Kommen Sie mit, dann führe ich Sie zu unserem komfortablen Separee. Möchten Sie etwas trinken? Ein Gläschen Sekt oder einen Softdrink?« sprach die Mitarbeiterin hochmotiviert.

Meine Freundin nahm dankend ein Glas Sekt und ich eine Cola, da ich Zucker brauchte, um diese Anprobe zu überstehen. Die zuvorkommende Angestellte zeigte uns das besagte Zimmer, welches dasselbe Dekor wie der Laden aufwies. Gegenüber einer großen, rosa Umkleide stand ein geräumiger Ohrensessel im passenden Farbton. Man reichte uns die Getränke, dann fuhr die nette Frau mit ihrer Arbeit fort:

»Welche Farbe haben Sie sich vorgestellt, Juli? Natürlich könnten wir gemäß der Einladung auf einen Rot- oder Grünton setzen, aber das Motto könnten wir auch durch Accessoires erfüllen. Haben Sie bereits ein paar Vorstellungen oder Ideen?«

»Schwarz trage ich normalerweise sehr gern, aber grün, blau oder rot gefallen mir ebenfalls sehr gut. Bezüglich des Kleides selbst bin ich sehr unsicher, da ich noch nie etwas in der Richtung hatte. Auf jeden Fall darf es nicht zu freizügig sein, denn ich will Aaron nicht blamieren«, antwortete ich mit eindeutigem Blick zu Maya, die nichts bemerkte, da sie es sich in dem großen Ohrensessel bequem gemacht hatte und an ihrem Sekt nippte.

»Nein, also beschämen wollen wir niemanden. Wir werden Ihren Aaron schon bezaubern. Erzählen Sie mir ein bisschen mehr von ihm«, bat die Verkäuferin offenherzig.

»Aaron ist sechsundzwanzig Jahre alt und knapp zwei Meter groß. Auf die meisten wirkt er oft lässig und cool, aber auch verschlossen, was seine Emotionen angeht. Erst wenn er sich wirklich öffnet, erkennt man sein Herz aus Gold. Optisch würde ich sagen, ist er dennoch lässig, weil er im Regelfall ein einfarbiges Oberteil, eine seiner Lederjacken und eine dunkle Jeans trägt. Er sieht wirklich gut aus, was leider auch andere Frauen mitbekommen. Wir kennen uns beinahe zehn Jahre und trotzdem konnte ich noch nichts von meinen Gefühlen sagen«, beendete ich meine Beschreibung von Aaron und meine missliche Lage niedergeschlagen.

Zu meiner Überraschung strich die Beraterin mir sanft über den Arm und sagte: »Wir schaffen das schon. Versprochen. Wir holen das Beste aus dir heraus, und danach kommst du zu mir und erzählst mir, wie es lief, hm? Frag einfach nach Fiona, denn ich bin als Geschäftsführerin fast immer hier.«

Mit diesen Worten huschte sie aufgeregt davon. Fiona war wirklich herzlich, wofür ich dankbar war, denn es war nicht leicht, einer Fremden mein Herz auszuschütten.

Stille kehrte in den Raum ein, und Maya und ich prosteten uns knapp mit den Gläsern zu. In mir wuchs die Anspannung, denn erst jetzt wurde mir bewusst, wie bedeutend dieser Abend sein konnte, sofern wir es schafften, über unsere Gefühle zu reden.

Fiona eilte zurück zu uns, und bat mich in der Kabine meine Kleidung abzulegen.

»Allmählich bin ich etwas unsicher«, murmelte ich, nur in Unterwäsche bekleidet, als ich nervös mein Gewicht von einem Bein auf das andere verlagerte.

»Juli, mach dir keine Sorgen. Ehrlich, wenn ihr nicht für einander geschaffen seid, dann verliere ich meinen gesamten Glauben an die Liebe. Es muss lediglich einer von euch den ersten Schritt machen und endlich den verdammten Mund aufbekommen« versuchte meine Freundin mich zu trösten. In der Zwischenzeit reichte mir Fiona ein schmales, schwarzes Kleid an.

»Kleid Nummer eins«, trällerte sie fröhlich, da diese Frau ihren Job wirklich zu lieben schien.

»Welche Schuhgröße haben Sie? Ich würde Ihnen schon mal ein paar passende Schuhe raus suchen« forschte sie beiläufig nach.

»Größe 38«, informierte ich sie beim Versuch, das Kleid überzuwerfen. Ein paar rappelnde Kartons hörte ich links von mir, bevor ich mich von oben betrachtete. Das Kleid war toll. Enganliegend, schlicht und mit fließendem Rock. Begeistert trat ich hervor und sah Fiona mit Schuhen winken, welche ich umgehend anzog. Stolz präsentierte ich den beiden Damen das Seidenkleid.

»Du siehst ... «, stotterte Maya ungläubig, »heiß aus.«

Auch die Verkäuferin blickte skeptisch, daher trat ich unbeholfen vor den großen Spiegel .

»Ach du Scheiße!«, rief ich fassungslos. Das Kleid war durchaus sehr schön, allerdings malte sich unter dem seidenen Stoff jede kleine Erhabenheit ab. Kurz: Man konnte meine komplette Unterwäsche sich abmalen sehen.

»Normalerweise trägt man unter so einem Kleid eher weniger Unterwäsche«, erklärte mir Fiona leicht verschmitzt grinsend.

Peinlich berührt eilte ich zurück in die Umkleide, wo sie mir direkt das nächste Kleid anbot. Ein apfelgrüner Traum aus Wildseide mit einem Off-Shoulder- Look. Es war leider ebenso offenherzig wie der Vorgänger.

Als dritten Versuch reichte mir Fiona enorme Mengen tannengrünen Stoffes hinein. Sie bot mir

Hilfe an und nach einer Weile traten wir gemeinsam vor den Vorhang.

»Das ist es!«, jubilierte meine Begleitung freudig. Nun betrachtete auch ich es im Spiegel: Der Rock war durch mehrere Lagen sehr weit mit einem raffiniertem Beinschlitz. Das Oberteil hingegen war enganliegend mit einem Herzausschnitt geschnürt. Kleine Off – Shoulder - Ärmelchen rundeten das vom Stoff her schlichte Kleid ab. Tränen traten in meine Augen. Noch nie hatte ich mich so wunderschön gefühlt. Es war sehr auffallend in seiner Form, doch dafür hatte der Stoff kaum Veränderungen erfahren. Es war einfach perfekt.

»Wie teuer?« traute ich mich kaum zu fragen, aus Angst, meine Träume könnten einer Seifenblase gleich platzen.

»Es ist ein Ausstellungsstück und das Einzige vor Ort, daher etwas reduziert. Es kostet 450 Euro, aber ich gebe dir die Schuhe noch dazu. Sag das aber bitte niemandem. Ich habe euch Mädels einfach ins Herz geschlossen«, erläuterte Fiona, welche ich erst jetzt als nur wenig älter ansah. »Ich nehme es«, flüsterte ich unter Freudentränen.

## Kapitel sieben

Nach einer ausgiebigen Shoppingtour bei der wir passende Unterwäsche, diverse Dessous, - da Maya meinte, ich würde sie nun dringend benötigen - , ein paar Hosen, ein paar Pullover und einen Kaffee für uns beide erstanden, fand ich mich auf Aarons Couch wieder. Vor mir im großen Wohnzimmer verstreut lagen die Einkaufstüten mit meiner Beute. Meine Freundin hatten wir auf dem Rückweg zu Hause abgesetzt, und Aaron stand völlig entgeistert vor den Papiertüten.

Euphorie sowie eine Welle des Selbstvertrauens durchbrachen meinen müden Körper, denn es war bereits später Nachmittag. Die Tasche mit den Kleidern hatte ich gut bei ihm in der Bibliothek versteckt. Wieso hatte der Mann eigentlich für sich alleine so viele Zimmer?

»Habt ihr etwa die gesamte Innenstadt leer gekauft?« fragte mein Freund, als ich tiefer in sein bequemes Möbelstück sank. Bewusst überging ich diese Bemerkung, indem ich mich mit geschlossenen Lidern endgültig auf der Couch niederließ. Diese Beziehung war mir aktuell wichtiger.

»Oh Lingerie! Ziehst du es für mich an?«, rief Aaron interessiert und flirtend. Ein griffbereites

Kissen in seinem Gesicht war meine eindeutige Antwort.

»Ich kann dir die anderen Klamotten zeigen«, nuschelte ich trauernd in einen Kollegen des Gefallenen. Wieso legte Aaron nur so viel Wert auf bequeme Möbel? Da will doch niemand wieder aufstehen, wenn die Couch so abartig bequem ist!

»Na, dann los!«, feierte Aaron meine ausgesprochen dämliche Idee. Mit müden Knochen überstand ich eine ganze Modenshow, bevor die Couch und eine nahende Pizza mich lockten. Nach rund zehn Minuten war ich eingeschlafen.

Grüne Hügel zierten die weitläufige Umgebung. Die Sonne strahlte voller Wonne jedes noch so kleine Wölkchen hinfort, während der sanfte Frühjahrswind zaghaft die Zweige und Äste der Trauerweide vor mir bewegte. Vor meinen Füßen lag eine große rot- weiße Decke, auf welcher die schönsten Köstlichkeiten, deren Menge ein ganzes Heer sättigen könnte, zu finden waren. In einem roten Sommerkleid mit hochgesteckten Haaren fügte ich mich in die idyllische Umgebung ein. Auf der Decke fand ich einen Platz zum Sitzen, sodass ich mich entspannt niederließ und mein Kinn gen Himmel reckte.

Mit geschlossenen Lidern genoss ich die Wärme auf meinem Gesicht, meinen blassen Armen, meinen kurzen Beinen.

»Na, meine Schöne?«, raunte eine vertraute, satte Stimme von hinten in mein Ohr. Sachte öffnete ich die entspannten Augen; Durch Blinzeln wurde Aaron sichtbar. Er war etwas älter als mein Aaron, wenn auch nicht viel. Während er sich bedächtig zu mir setzte, erkannte ich feine Fältchen um die mandelförmigen Augen meiner Liebe, sowie um dessen dünne Lippen. Ein bauschiger, dunkelblonder Bart stellte den Kontrast zum einprägsamen Gesicht dar. Weder im Gesichts- noch im Haupthaar war ein graues Haar zu entdecken, daher schätzte ich ihn auf maximal Anfang Dreißig.

Sein Schmunzeln war warm und gutmütig, gleich einem sommerlichen Tag. Mein Traummann beugte sich wohlwollend vor und schenkte mir einen Kuss. Behutsam löste er sich wieder von mir und deutete mit ausgestrecktem Arm vor uns, wo man, wenn man dieser Geste nachsah, drei kleine Kinder auf uns zu tanzen sah. Zwei Jungen, welche dem jungen Aaron, den ich von Fotos kannte, wie ein Ei dem anderen glichen. Lediglich ein deutlicher Rotschimmer legte eine Verbindung zu meiner Familie nahe. Ungefähr vier Jahre waren die beiden Jungs, an deren Hand in der Mitte ein Mädchen zu laufen versuchte. Sie tippelte mit ihren knappen zwei bis drei Jahren tollpatschig an den Händen der

Beiden. Die kupfernen Haare zu zwei Zöpfchen gebunden, mit auffälligen, grünen Augen, stammte sie eindeutig von mir ab. In ihrem Lächeln jedoch erkannte ich Aaron als ihren Vater, denn trotz Zahnlücke ließ sich die Verwandtschaft nicht abstreiten. Der Nachwuchs sprang auf die Decke und kuschelte sich lebhaft zwischen uns.

»Vorsichtig!« mahnte dieser Aaron liebevoll einen der Zwillinge, welcher just in diesem Moment auf meinen Schoß klettern wollte. Ungläubig entdeckte ich einen kugelrunden Bauch an mir. Plötzlich standen mein Gemahl Aaron und ich vor der Decke, auf der die Kinder spielten. Hand in Hand liefen wir gen Firmament. Als ich mich zu den Spielenden umsah, hauchte Aaron mir zu: »Wir müssen es ihnen sagen.«

Verwirrt richtete ich meinen Blick vor uns, wo ich in der Ferne eine Bank wahrnahm. Je näher wir kamen, desto besser konnte ich ein Paar darauf ausmachen. Es drehte sich erst um, als wir nur noch wenige Schritte entfernt waren.

Ich sah in die Gesichter meiner toten Großeltern.

Schweißnass schreckte ich auf. Mein Atem ging beschwerlich stark und Tränen fanden ihren Weg den Tränenkanal empor. Erschrocken setzte sich Aaron, mein junger Aaron, auf und zog mich ohne Zögern in seine Arme. Scheinbar hatte er mich irgendwann ins Bett getragen.

»Ein Traum. Es war bloß ein Traum?«, fragte ich mehr, als dass ich es feststellte. Nickend bestätigte mein Freund meinen Verdacht.

»War es ein Albtraum?« erkundigte er sich sorgenvoll. Fürsorge lag in der tiefen Stimme. Um Ruhe bemüht, schüttelte ich den aus der Fassung gebrachten Kopf.

»Es war ... so ... real ... und«, flüsterte ich im zittrigen Ton, »schön.«

Am Morgen wachte ich mit einem leichten, aber beständigen Kopfschmerz auf, welchen ich zunächst keiner eindeutigen Herkunft zuordnen konnte. Ausgiebig streckte ich mich, doch ließ mich daraufhin wieder in die weichen Kissen sinken. Da das Bett leer war, versuchte ich herauszufinden, ob ich wahrhaftig allein war, doch der Kopfschmerz hinderte mich an klarer Konzentration. Tiefer rutschte ich in die komfortablen Kissen hinein.

»Guten Morgen!«, rief Aaron freudig und öffnete schwungvoll die Schlafzimmertür. Ein leises Knurren entfuhr mir, als ich mich tiefer in das Gebilde aus Decken und Kissen verkroch.

»Wohl nicht so ein guter Morgen. Liegt es an deinem Traum?«, frischte Aaron meine Erinnerung auf. Da kam also der Kopfschmerz her. Von dem nächtlichen Weinen, dachte ich und mit einem Mal hatte ich sämtliche Bilder der nächtlichen Passage wieder im Kopf. An der Bewegung der Matratze erkannte ich, dass sich mein Freund zu mir gesellt hatte. Langsam tauchte ich an die Oberfläche hervor. »Hast du eine Kopfschmerztablette?«, erkundigte ich mich bei ihm. Kurz kramte er in seiner Nachttischschublade, bevor er mir das darauf stehende Glas reichte.

»Wie viel Uhr ist es?«, wollte ich anschließend von ihm wissen, während ich mir über die wunden Augen rieb.

»Kurz vor Zwölf. Du hast so tief geschlafen, da wollte ich dir Ruhe gönnen. Den Brötchen-Service hast du auch verschnarcht«, erklärte er mir scherzhaft. Sein wunderbares, brummendes Lachen beschwingte mich. Ein leicht schiefer Eckzahn wurde entblößt, doch dieser machte sein Lachen nur noch perfekter.

»Moment! Geschnarcht habe ich auch?«, entfuhr es mir ungestüm aus meiner Kehle. Kochendes Blut stieg in meine Wangen, Scham breitete sich in mir aus. Sein Grinsen wurde breiter.

Einem nassen Sack gleich kippte ich zurück, aber mein bester Freund hatte andere Pläne mit mir.

Behutsam ergriff er meine Hand, an welcher er mich zu sich zog, dann flüsterte er leise: »Ich habe dir ein heißes Bad eingelassen, dann kannst du baden, während ich koche.«

Zwar schickte er mich mit diesen Worten von sich, aber seine kräftigen Arme sprachen eine andere Sprache. Unentschlossen drückte ich mein Gesicht einfach an seine Brust. Ich war schlichtweg zu müde zum Denken und noch mehr zum Erraten seiner Gefühle. Wieder spürte ich, wie gut sich der Mann anfühlte und nahm unweigerlich wahr, wie Ärger über meine eigene Inkompetenz in mir aufstieg. Tapfer stapfte ich ins Badezimmer, wo ich bereits im Türrahmen stehen blieb. Er hatte wahrlich übertrieben: Ein fulminantes Schaumbad geziert von Kerzen aller Art. Ich schnupperte zurückhaltend und glaubte, den Duft von Lavendel wahrzunehmen. Auf der Theke lag sein Tablet, auf dem eine nicht minder romantische Playlist zu hören war. Ich bemerkte seinen schweren, tiefgängigen Atem hinter mir. Ich bildete mir die Spannung doch wohl nicht ein? Augenblicklich legte er seine rauen Hände an meine Hüfte. Unterdessen wisperte er: »Gut so?«

Meine Lunge setzte beinahe aus. Was war in ihn gefahren? Hatte er meine Zusage zur Gala als Date verstanden? Oder hatte Maya ihm etwas gesagt?

Der Bass seiner Stimme durchdrang meinen nervösen, kleinen Körper. Langsam drückte er sich, einer Umarmung nicht unähnlich, so sehr an mich, dass ich mich fragte, ob ich mir die Erotik darin nur wünschte oder dies ein fieser Scherz war.

Schluckend nickte ich, als ich bemerkte, wie sinnlos sich meine Arme gerade anfühlten, denn sie strebten danach, ihn zu berühren. Eindeutig war die Nervosität Schuld. Schweiß rann mir vom Körper, welcher mein T-Shirt leicht an mir kleben ließ. Plötzlich spürte ich etwas an meinem unteren Rücken: Das Handy in seiner Hosentasche vibrierte.

Aaron stöhnte entrüstet, aber zog das Telefon in einer geschmeidigen Bewegung hervor, ohne auch nur einen Millimeter von mir abzuweichen.

»Was?!«, raunte mein Freund in den Hörer dem Gesprächspartner entgegen. Er ließ mich los, bevor er einen Schritt von mir weg machte. Irritiert drehte ich mich um, während er sich suchend umschaute.

Mit aufgerissenen Augen und gerunzelter Stirn rief er:

»Welche Pauline, bitte? Und warum zur Hölle sollte ich das mit Ihnen wollen?«

Meine Schultern sackten genervt runter, während er sich unbeholfen drehte. Gekränkt schloss ich die Tür hinter ihm. Noch bevor er es merken konnte, änderte ich demonstrativ die Musik zu meinem favorisierten Metal Album und stellte aussagekräftig lauter.

Der Trauer gab ich mich in der Wanne hin, denn die Romantik hatte sich mit diesem Anruf für mich erledigt. Danach zog ich mich den Rest des Tages auf die Couch zurück, um ein Buch zu lesen und zu überlegen, ob meine Gefühle womöglich unsere Freundschaft zerstörten.

Der Montagmittag war gekommen, sodass ich mich nach meinen Vorlesungen auf den Weg zum Santiagos machte. Meine Gedanken kreisten unterdessen um meinen besten Freund. Die Gala würde in eineinhalb Wochen stattfinden, in welchen ich kontinuierlich zwischen Verzweiflung und Hoffnung wanken würde, dessen war ich mir durchaus bewusst. Würde er mich noch immer als seine beste Freundin, mit der man Unfug machen konnte, sehen oder endlich als seine (mögliche) Partnerin? Geplagt von meinen Gedanken sprang ich unablässig von Freude zu Leid und zurück, was mich einfach nur noch stresste.

Entschlossen stellte ich die Musik, welche ich über große Kopfhörer hörte, lauter.

Beim Lokal angekommen, erhielten wir die Nachricht, dass Tom sich für die nächsten drei Tage krank gemeldet hatte, wodurch die gesamte Belegschaft rotierte. Freiwillig meldete ich mich als Springer für Notfälle. Unwillkürlich fragte ich mich, ob seine Erkrankung mit den unangenehmen Vorkommnissen auf der Party zu tun hatte. Unruhig schüttelte ich auch diesen Gedanken von mir ab, bediente die Gäste freundlich und scherzte gelegentlich mit Pauli. Wie passte sie in das Drama um Aaron und hatte sie ein aufrichtiges Interesse an ihm?

Den Außenbereich des Santiagos ließen wir aufgrund mangelnder Kundschaft sowie stürmischen Regens geschlossen. Bis zum Feierabend zog es sich etwas, daher freuten Pauline und ich uns umso mehr über unsere baldige Ablösung.

Mit gewechselten Outfits fuhren meine gut gelaunte Arbeitskollegin und ich zu mir, um uns dort mit Maya zu einem Mädelsabend zu treffen.

Die große Schönheit wartete bereits mit einer großen Tasche auf uns. Eilig entschwanden wir in das Haus. Nachdem wir abgelegt hatten, breiteten sich meine Freundinnen auf der Couch aus und ich setzte uns ein paar Heißgetränke auf. »Welchen Film wollt ihr sehen?«, rief ich zu ihnen herüber.

»Etwas Romantisches«, antwortete der Chor aus dem Wohnzimmer. Entgeistert stöhnte ich, doch willigte ich den Beiden zuliebe ein und brachte die Getränke aus der Küche mit. Nach einer kurzen Diskussion entschieden wir uns für eine romantische Komödie, in welcher sämtliche Klischees der Romantik aufs Korn genommen wurde.

Gegen Ende des Films erhob Pauli ihre Stimme:

»Ich wünschte, ich würde auch so einen Typen treffen. Mein letztes Date war ein totaler Reinfall. Ich fand Tom eigentlich auch ganz süß, aber nach Donnerstag ... «

Dieser Satz blieb unbeendet stehen, doch wir alle wussten, dass Pauli nicht  mehr allzu angetan von ihm war.

»Wer hätte gedacht, dass zwei derart unterschiedliche Männer so gleich reagieren können«, sinnierte Maya über die vergangene Auseinandersetzung.

Stumm nickte ich, denn ich war verlegen. Meine beste Freundin sprach die Wahrheit. Bisher hatte ich nicht darüber nachgedacht, aber Aaron und Tom konnten kaum unterschiedlicher sein. Tom war der klassische Mannschaftsspieler, doch auch unsicher bezüglich seiner selbst. Wenn ich schätzen sollte, war er etwa 1,85m groß, daher nicht wirklich klein, aber mit seinen gerade zwanzig Jahren noch sehr jung.

Die Unfähigkeit, seine Emotionen zu kontrollieren, seine geballte Energie und seine ...

Unwissenheit betonten seine Jugendlichkeit, fand ich.

Aaron hingegen stand mit seinen sechsundzwanzig Jahren mittlerweile fest im Leben: Er übte seinen Beruf engagiert aus, besaß eine eigene Wohnung, welche er monatlich abzahlte, und wusste, was er wollte. Zudem wusste er genau, wie er auf andere Menschen, insbesondere das weibliche Geschlecht, wirkte.

»Eines würde ich jetzt gerne mal wissen, Juli«, unterbrach Pauli meine Gedankenströme abrupt. Mit fragendem Ausdruck im Gesicht wandte ich mich ihr zu.

»Auf wen stehst du denn jetzt?«, stellte sie die unvermeidbare Frage aller Fragen.

Mein Gesicht wurde erneut knallrot und ich antwortete knapp: »Das ist eine lange Geschichte. »Ich habe heute nichts mehr vor« erwischte die Arbeitskollegin mich eiskalt.

Ausweichen war offenbar keine erfolgreiche Methode, sodass ich mich kraftlos für die Wahrheit entschied:

»Um ehrlich zu sein, mag ich Aaron schon sehr lange, doch ich glaube, dass ich die Hoffnung aufgegeben habe, aus uns könnte noch etwas werden. Als Tom mich um ein Treffen bat, fand ich ihn sehr süß und dachte, es wäre meine Gelegenheit über ihn hinwegzukommen.«

Maya tätschelte mir, empathisch wie sie war, die zitternde Hand.

»Dann wäre Aaron also noch verfügbar, ja?«
bohrte sie tiefer in meine offene Wunde. Sie tippte
bereits auf ihrem Mobiltelefon, als ich heiser
zustimmte. Motiviert sprang die junge Frau auf,
warf ihre Decke auf die Couch und sang: »Gut,
dann treffe ich mich jetzt mit ihm.«
»Wie? Jetzt? Woher hast du denn seine
Nummer?«, erkundigte ich mich verzweifelt.
Pauline lächelte kalt, als sie antwortete: »Die hat
er mir am Donnerstag auf deiner Feier zugesteckt.
Bereits am Wochenende fragte er nach einer
Verabredung, doch ich bin deine Freundin und
wollte erst wissen, ob es dich verletzen würde. Bis
dann, Mädels!«
Sprachlos sah ich zu Maya, aber auch sie hatte
bloß ein Kopfschütteln für meine Kollegin übrig.
Pauline verschwand aufgeregt aus meiner
Wohnung, während wir sichtlich erschüttert
zurückblieben. Wie konnte sie mir das antun? Ich
dachte wir wären Freundinnen?
Geschockt begriff ich, dass ich akzeptieren
musste, was Pauline tat. Schließlich arbeiteten
wir zusammen. Doch auch Aaron hatte mich
wieder einmal verletzt, indem er vor meiner Nase
eine andere Frau an meine Stelle setzte.
Nachdem wir uns etwas gefangen hatten,
quatschten wir weiter, beispielsweise über
Paulines schamlose und verletzende Aktion.
Danach verfiel meine Freundin ins Schwärmen
über Cameron: Seinen astreinen Charakter, sein
fabelhaftes Aussehen und seinen, ich zitiere:

`sexy` britischen Akzent. Das Glück war ihr wahrlich in das bezaubernde Gesicht geschrieben und es stand ihr gut. Sie hatte es wirklich verdient, glücklich zu sein, da sie meine beste Freundin und ein wunderbarer Mensch war.

»In der Uni haben wir uns total viele Nachrichten geschrieben, obwohl wir im selben Saal saßen« - »Deswegen hast du während der Methodenvorlesung so gekichert!«, leuchtete es mir spontan ein. Nun war sie diejenige, die zu einem dezenten Purpurrot errötete.

»Apropos, könntest du mir deine Mitschrift leihen?«, schmunzelte meine Freundin entschuldigend.

»Klar, soll ich sie dir direkt holen?«, erkundigte ich mich hilfsbereit.

»Nein, morgen in der Uni reicht mir völlig. Morgens treffe ich mich mit Cameron zu unserem ersten Date, daher würde ich das danach fix kopieren gehen«, erwiderte Maya strahlend.

»Das erste Date?«, horchte ich interessiert auf. Das Lächeln auf ihrem Gesicht wurde so breit, dass ihre strahlenden, weißen Zähne sichtbar wurden. Wieder mal bestaunte ich ihre makellose Schönheit.

»Ja«, unterbrach sie mein Staunen schüchtern.

»Wir gehen in der Innenstadt frühstücken. Das ist für mich auch das allererste Mal, denn sonst werde ich immer in eine Bar oder ins Kino ausgeführt, was nett ist, aber man hat dort nicht wirklich Zeit zum Reden. Ich traue mich fast nicht mehr ins Kino, weil ich dort jedes Mal mit einem anderen Date aufkreuze«, lachte sie unsicher, da ihre Aufregung spürbar war.

»Ich denke, die meisten Menschen treffen sich einfach abends, weil sie tagsüber arbeiten müssen, und wenn es dann noch jemand eindeutig auf Sex anlegt, bietet das Kino natürlich eine gute Einleitung. Cameron dagegen scheint es wirklich ernst mit dir zu meinen«, baute ich meine beste Freundin auf. Die unerwähnte Tatsache, dass ihr Märchenprinz im Frühjahr wieder nach London zurückkehren würde, stand zwischen uns. Ich brachte es einfach nicht übers Herz, ihre Verliebtheit derart rüde zu sprengen. Gemächlich verabschiedeten wir uns. Den Rest des Abends überlegte ich krampfhaft, ob die Liebe immer schwer sein musste. Während des Duschens, der Aufzeichnung meiner Seifenoper und selbst beim Einschlafen quälte mich die ernüchternde Erkenntnis. Da Aaron ebenfalls sein Unwesen in meiner Gedankenblase trieb, wünschte ich ihm via SMS eine gute Nacht. Somit waren meine Sinne wieder bei ihm. Ob er wohl etwas mit Pauli anfangen würde? Wut überkam mich, doch nach einer ganzen Weile fiel ich in den verdienten Schlaf.

## Kapitel acht

Die goldene Herbstsonne warf den Schleier des anbrechenden Tages über mein wohlig weiches Bett. Mühsam erhob ich mich aus dem Kissenmeer. Ein kurzer Blick auf die Uhr folgte, um festzustellen, dass ich gerade noch pünktlich erwachte, um mich für den Tag fertigzumachen. Den Gang ins Badezimmer hinter mich gebracht, wanderte ich erneut in mein kleines, spärlich dekoriertes Schlafzimmer, wo ich mich trotz des Sonnenscheins für wärmere Kleidung entschied. Mit einem Pullover und einer kuscheligen Jacke gewappnet trat ich den Weg zur Universität an. Die Sonne wich den dominanten Wolken, während der Wind an meinem kupferrotem Haar zerrte und sich der Regen allmählich seinen Weg auf die Erde bahnte.

Die weite Kapuze zog ich tief in mein Gesicht und beeilte mich, um den Bus pünktlich zu erreichen. Nahe der Tür ließ ich mich auf eine der semi - bequemen Bänke nieder und blickte, zum ersten Mal am heutigen Tag, auf mein mobiles Telefon. 12 neue Nachrichten zeigte mir das strahlende Display an. Ich öffnete den präferierten Messenger und schaute nach: Zwei Nachrichten von Maya, sechs Nachrichten aus einem Gruppenchat mit

Mitstudierenden, eine von Tom und eine von Aaron.

Perplex öffnete ich die Benachrichtigung von meinem Kollegen, da ich damit am wenigsten gerechnet hatte.

*Guten Morgen, Juli. Es tut mir leid, dass ich mich jetzt erst melde, aber ich musste den Donnerstagabend erst mal sacken lassen. Ich wollte mich bei dir für mein Verhalten entschuldigen. Ginge das persönlich? Vielleicht bei einem Kaffee?*
*XOXO Tom*

Ungläubig hob ich meinen Blick und konnte gerade rechtzeitig den Stop- Knopf drücken, um aus dem Bus in die Uni zu eilen. In der Fakultät für Sozialwissenschaften angekommen, lief ich weiter zu dem Hörsaal, in welchem Maya und ich unsere Vorlesung hatten.

Zunehmend breiteten sich unangenehme Gedanken in meinem geschundenen Gehirn aus: Sollte ich Tom treffen? Meinte er die Entschuldigung aufrichtig oder wollte er mich immer noch ins Bett bekommen?

Und was, verdammt nochmal, hatte Aaron mit Pauline zu schaffen?

Von Zorn geprägt nahm ich in der letzten Reihe am Fenster des Seminarraums Platz. Auf den Stuhl neben mir legte ich meine Tasche, um Maya einen Platz frei zu halten. Kurz winkte ich ein paar Kommilitonen zu, als ich Block und Stift hervor zückte. Noch zehn Minuten hatte ich, ehe der Professor uns die Grundlagen der Diagnostik näherbringen sollte, stellte ich nach einem Blick auf die Uhr fest.. Gelangweilt zog ich mein Handy hervor. Die Konversation mit Tom war noch geöffnet, weshalb ich ihm zuerst antwortete. Natürlich empfand ich sein Verhalten als absolut unpassend und zu allem Überfluss hatte er Aaron verletzt, aber schnell warf ich in die Waagschale, dass ich einen Großteil dazu beigetragen hatte. Ich gab ihm also eine Chance, allerdings als Freund. Ich teilte ihm mit, dass ich nach der Vorlesung Zeit für eine ausführlichere Aussprache hätte. Wir verabredeten uns für vier Uhr, da er mich vom Gebäude abholen wollte. Ein seltsames Gefühl legte sich um meine Magengrube. Ob es richtig war?

Maya teilte mir in diesem Augenblick mit, dass sie und ihr Date es nicht schaffen würden, und bat mich erneut um meine Aufzeichnungen. Freude für meine Freundin breitete sich in mir aus, weshalb ich dies bestätigte und endlich zu Aarons lang ersehnten Mitteilungen kam.

Im Hintergrund prasselte der Herbstregen gegen die großen Scheiben, und der Raum füllte sich zunehmend mit schläfrigen Studenten. All das Treiben um mich herum blendete ich ganz und gar aus.

*Jules? Diese Pauli hat mich um ein Date gebeten...*
*Was hältst du davon?*

lautete die erste der drei Nachrichten von Aaron. Diese hatte er mir ungefähr um achtzehn Uhr gesendet - Eine Stunde vor dem Gespräch mit Pauline. Noch dazu kam, dass sie behauptet hatte, die Verabredung wäre seine Idee gewesen. Erneut stieg heiße, unnachgiebige Wut in mir auf, ob durch Eifersucht geprägt oder nicht, das vermochte ich nicht zu sagen.

*Ich sage dann wohl zu?*

war die zweite Nachricht meines besten Freundes. Heute Morgen um neun Uhr folgte die dritte Nachricht:

*Guten Morgen, Jules. Wie geht's dir? Das Date war übrigens der Hammer! Pauline ist spitze. Ich erzähl es dir nachher beim Schwimmen. Bis dann!*

Ein metaphorischer Dolch stieß sich in mein gepeinigtes Herz, just als der Professor die Tür des Hörsaals schloss. Bemüht um Diskretion, schrieb ich penibel jedes seiner Worte gedankenlos nieder. Mein Körper arbeitete, funktionierte, doch mein Geist sowie mein Herz lagen in Scherben. Die einzige Hoffnung war, dass der Körper, welcher wie fremdgesteuert agierte, bis nach der Vorlesung durchhielt. Mühsam atmete ich die dünner werdende Luft in die fernen Lungenflügel ein. Mit dem Ende der Vorlesung hechtete ich aus dem Saal und so schnell ich konnte die Treppen hinab. Hinter der gläsernen Eingangspforte ragten die Fakultäten dem herbstlichen Himmel entgegen. Offenbar hatte nun die Sonne die Oberhand über die Wolkenfront ergriffen. Ich jedoch hatte nur noch eines im Sinne – Flucht. Vor Aaron, vor der Realität, vor meinen Gefühlen. Meinem sorgfältig demolierten Herzchen. Beinahe rennend flog ich über den Campus Richtung Straße, da ich zielstrebig auf die voraus liegende Allee zu eilte. Mein linker Fuß trat soeben auf die feuchte Straße...

Abrupt packte mich ein kräftiger Arm an der Schulter und zog mich ruckartig zurück. Benommen und überrascht stolperte ich rückwärts und kurz, bevor ich auf den Boden traf, retteten mich dieselben, kräftigen Arme. Zeitgleich fuhr ein hupender LKW über die Stelle, an der ich eben noch gestanden hatte. Was mir wie eine Ewigkeit vorkam waren in Wirklichkeit nur wenige Sekunden. Mich ereilte erbarmungslose Fassungslosigkeit, als man mich drehte und forsch umarmte.

»Was machst du nur, Juli?«, japste ein ebenso fassungsloser Tom in mein Ohr.

»Ich ... ich«, stotterte ich, doch die Tränen stiegen bereits in meine Lider auf.

»Shht«, drückte er mich fest an sich.

Was war da gerade passiert? Hatte der mir das Leben gerettet? Verwirrung breitete sich in mir aus, unterdessen nahm mir Tom die sperrige Tasche ab und geleitete mich zu seinem Auto. Einem kleinen alten VW Polo, dessen Lack sich charmant löste. Die Tür öffnete er mir manierlich und ich nahm wortlos auf der Beifahrerseite Platz. Nachdem er die Tür geschlossen und meine Tasche im Kofferraum verstaut hatte, gesellte er sich zu mir ins Innere des Gefährts. Starr vor Schock versuchte ich krampfhaft, mich anzuschnallen, bis Tom seine jungen Hände auf meine legte und so den Sicherheitsgurt schloss.

»Mensch, Julchen. Was ist denn mit dir los?«, fragte der Zwanzigjährige ungewohnt besorgt. Wieder Stille.

»Etwas Schlimmes?«, versuchte er mich abermals zu ködern. Ein Nicken meinerseits folgte.

»Willst aber nicht drüber reden?« - Kopfschütteln - »Okay, dann lass uns einen Tee trinken gehen, ja?« - Nicken.

Der Motor dröhnte, sodass wir losfahren konnten. Langsam wirkten die Ereignisse in mein Bewusstsein ein. Warum hatte ich den wartenden Freund nicht gesehen? Wie konnte er mich noch rechtzeitig abfangen? Er hatte mein Leben gerettet, und das, obwohl ich dermaßen schäbig zu ihm gewesen war. Ich selbst empfand mein

Verhalten am Abend der Feier als unentschuldbar, daher war es mir unangenehm, von ihm gerettet worden zu sein. Mir war es unbegreiflich, wie heroisch und selbstlos diese Tat war. Schließlich hätte er selbst verletzt werden können. Unsicher senkte ich meinen Blick zunächst auf meine zierlichen Hände, dann richtete ich ihn aus dem Fenster. Das Auto, chauffiert von Tom, hielt an einem Parkplatz an der Rheinpromenade. Er war es nun, der aus dem Auto hechtete, um mir die Tür zu öffnen, bevor er mir sorgsam half, aus dem Fahrzeug zu steigen. Fest hielt ich seinen Arm, wodurch wir für vorbeigehende Passanten vermutlich wie ein Paar aussahen. Doch in diesem Moment benötigte ich seinen Halt so sehr.

Am nächstbesten Café hielten wir. Endlich fand ich meine Sprache wieder, weshalb ich mir wortkarg einen Kakao orderte, denn Zucker war es, was ich brauchte. Besorgt betrachtete mich Tom durch die aufgeweckten, blauen Augen.

»Danke«, hauchte ich, unfähig, mich zu sammeln. »Ohne dich wäre ich« -

»Schon gut, Juli. Für dich tue ich alles«, versicherte er mir und griff nach meinen kleinen Händen.

»Wegen der Aussprache«, setzte ich an, als der Kellner unsere Tassen brachte. Angst spiegelte sich auf seinen noch so weichen Gesichtszügen wider.

»Ich verzeihe dir, denn ich war an dem ganzen Theater nicht ganz unschuldig. Trotzdem möchte ich klarstellen, dass ich in dir einen Freund sehe. Nicht mehr, aber eben auch nicht weniger. Es tut mir leid und wenn das für dich nicht möglich ist, dann ist das auch in Ordnung«, beendete ich meinen ernüchternden Monolog.

»Natürlich ist das in Ordnung. Ich habe mich verhalten wie ein richtiger Arsch und wenn dir dieser Typ-« »Aaron« berichtigte ich ihn.

»Schön, wenn dir Aaron solchermaßen wichtig ist, dann werde ich das respektieren«, versprach der junge Tom weise.

Ich lächelte zufrieden. Schnell war das ernste Gesprächsthema vom Tisch, wodurch Herzlichkeit und Freude das Lokal erfüllten. Scherze über die gemeinsame Arbeitsstätte folgten, weshalb die Zeit regelrecht davon flog.

Sirrend verkündete mein Mobiltelefon einen eingehenden Anruf. Beiläufig sah ich auf das Display, auf dem Aarons Name gefolgt von der Uhrzeit erschien. Es war bereits 17.40 Uhr.

Ich hatte unseren gemeinsamen Termin zum Schwimmengehen verpasst.

»Hey, Aaron. Tut mir leid, ich habe die Zeit nicht beachtet. Bin in etwa zehn Minuten da«, überschlug sich meine Stimme, als ich den Anruf annahm. Eilig zog ich meine Jacke an, Tom bezahlte augenblicklich und ich nickte ihm dankbar zu. »Kein Problem. Bis gleich«, trällerte mein Freund, ohne zu ahnen, warum ich zu spät kam. Auf dem Weg zum Auto erklärte ich Tom kurzerhand, warum ich unser Treffen so eilig beenden musste, doch dieser war erstaunlicherweise voller Verständnis.

Dort angekommen, fuhren wir zügig zu meinem Zuhause los.

»Mach dir um mich keine Sorgen. Wir fahren schnell hin, dann kann ich mich auch bei ihm entschuldigen«, beruhigte mich mein Fahrer. Doch warum eigentlich? Klar, die Verspätung tat mir leid, aber was war das bitte mit ihm und Pauli? Wieder flammte unnachgiebige, eifersüchtige Wut in mir auf, deren Hitze meinen kleinen Körper durchfuhr. Mein dummes Herz pumpte gnadenlos, als ich mich bemühte, zu einer klaren Einsicht zu kommen, doch je mehr ich dies versuchte, desto wütender wurde ich. Natürlich hatte Tom am Donnerstag Bockmist verzapft, aber Aaron oder die anderen Gäste hätten ihn einfach raus werfen können. Stattdessen wurde es zu einem riesigen Kampf, und, wie ich jetzt vermutete, alles um der guten Pauline zu imponieren.

Prompt hielt der rustikale, alte Wagen hinter Aarons orangefarbenen Jahreswagen, während dieser lässig vor seiner Beifahrertür lehnte – zumindest, bis er uns aussteigen sah. Der sonst blasse Kopf verwandelte seine Farbe binnen Sekunden in ein kräftiges Rot, doch er bewegte sich keinen Zentimeter.

»Jules, sag mir bitte, dass das nicht dein Ernst ist. Was machst du mit diesem Idioten hier?«, rief er ungehalten vor Zorn. Tom eilte hinter mir her, dann streckte er ihm unbeholfen, aber gutmütig die Hand entgegen, als er sagte: »Es war meine Schuld. Wir haben uns ausgesprochen, dabei die Zeit vergessen, aber wo du gerade da bist: Ich möchte mich bei dir entschuldigen. Es tut mir aufrichtig leid und ich weiß ehrlich nicht, was mich da geritten hat. Ich habe mich noch nie geprügelt.«

Aaron ignorierte sowohl Tom als auch seinen Versuch, sich zu entschuldigen und hob arrogant eine Braue.

»Ist das wahr?«, erkundigte er sich bei mir in einem derart aussagekräftigen Ton, dass ich vor Wut innerlich kreischte. Schließlich hatte mein Arbeitskollege sich wahrhaft aufrichtig entschuldigt. Wahrscheinlich war Aaron von Fürsorge getrieben, doch sein Ärger machte mich im Augenblick einfach nur krank.

»Bist du jetzt ernsthaft sauer auf mich?«, überging ich seine Frage und stemmte, wie zur Bekräftigung, die Arme in die Hüften.

Seine Haut wurde röter.

»Etwas, aber eher enttäuscht von dir«, antwortete der große Mann mit verschränkten Armen vor mir.

»Ich habe DICH enttäuscht? Das soll ein Scherz sein!«, lachte ich sarkastisch vor Verzweiflung, da meine Emotionen aktuell Ping Pong spielten.

»Was denn? Warum solltest du ausgerechnet enttäuscht von mir sein? Ich tue wirklich viel für dich. Merkst du das gar nicht?«

»Ja, vor allem, mit meinen Freundinnen und der halben, weiblichen Bevölkerung Düsseldorfs zu schlafen!«

Autsch. Das war heftig. Vermutlich war ich diejenige, die am meisten über meine Aussage schockiert war.

Kurz spiegelte sich etwas wie Schmerz auf Aarons steinerner Miene wider, doch sofort änderte sich diese in Wut.

»Und das geht dich was an? Dich hat es doch nie auch nur im Geringsten interessiert wen ich mag und wen nicht!«, warf er mir sichtlich gekränkt vor.

»Stimmt doch gar nicht! Ich erkundige mich immer nach dir! Dass du mir das vorwirfst, ist echt nicht fair. Ich meine, selbst unsere gemeinsame Nacht war dir völlig egal!«, wimmerte ich mit Tränen in den Augen. Mein Freund hob an, etwas zu sagen als ich auch schon bestimmt einwarf: »Weißt du was? Geh einfach. Treib es mit Pauli oder irgendeiner anderen Schlampe, soll mir egal sein. Lass dich von ihr ruhig belügen. Komm Tom, wir gehen rein.«

Aufgewühlt packte ich den sprachlosen Mann neben mir, sodass ich ihn mit zum Haus ziehen konnte. Aaron ließen wir mit seinen Emotionen sowie dem Vorwurf zurück. Rasch stürmte ich in das kahle Gebäude. Bei dem Versuch, den

Schlüssel in mein Wohnungstürschloss zu stecken, scheiterte ich.

»Schon okay, ich mach das«, flüsterte Tom liebevoll und besorgt, als er mir den Schlüssel abnahm und die Tür öffnete. Zielstrebig ging ich in die Küche, holte ein Sektglas aus dem Hängeschrank über dem Herd hervor und wandte mich an meinen Gast: »Auch eins?« - »Ähm... Sicher, warum nicht?« stotterte der Jüngling mir verunsichert entgegen. Entmutigt stapfte ich mitsamt Gläser und Flasche ins Wohnzimmer. Neben mir nahm Tom auf der Couch Platz und öffnete die Flasche.

»Willst du reden?« bemühte er sich um mich, doch ich ging bereits ins Bad, wusch mir beiläufig das Gesicht und schminkte mich kurz nach. Als ich wieder zu Tom kam, hatte dieser bereits die Getränke vorbereitet, sodass ich ihm zuprostete und den Inhalt des Glases in einem Rutsch leerte. Anschließend ließ ich mich kraftlos zurückfallen, dann stieß ich in einem langen Atemzug aus: »Der spinnt ja!«

»Er bedeutet dir echt viel, oder?«, wollte mein ... Freund? ... von mir wissen. Seine Hand lag beruhigend auf meinem Oberschenkel, als ich zustimmend nickte. Ich versuchte, die Tränenflüssigkeit weg zublinzeln, während er seinen rechten Arm um mich legte. Eine gefühlvolle Geste, jedoch waren meine Emotionen draußen bei Aaron geblieben. In all den Jahren der Freundschaft hatten wir uns nie derart schlimm gestritten. Ohne die geringste Chance verlor ich den Kampf gegen die Tränen, Dicke Krokodilstropfen rannen mein Kinn hinab. Tom umarmte mich mitfühlend, aber sämtliche Berührungen und Gesten der Freundschaft ließen mich kalt. Ich wollte einzig und allein bei Aaron sein. Ihn bei mir spüren und unsere schrecklichen Differenzen beilegen. Stattdessen war Tom bei mir. Ich spürte bereits, wie mir der Alkohol zu Kopf stieg. Obwohl Tom sehr lieb zu mir war, fühlte es sich falsch an, also bat ich ihn, nach Hause zu gehen und mir einfach etwas Zeit zu geben.

## Kapitel neun

Unglaubliche Kopfschmerzen sowie ein dominantes Gefühl der Taubheit erschwerten meinen Körper so, dass ich nur mühsam die schweren Lider öffnete. Es dauerte einen Moment, bis ich realisierte, dass ich unerklärlicher weise auf dem Sofa in meinem minimalistischem Wohnzimmer lag.

Meine Knochen fühlten sich ungewohnt schwer an und meine Haut war derart heiß geworden, dass mir der Schweiß regelrecht von der Stirn tropfte -

direkt auf einen nackten, flachen Männerbauch. Verwirrung beschwerte den Nebel meiner Sinne, welchen ich verzweifelt zu klären versuchte, jedoch unterbrachen die Schmerzen jeglichen Versuch.

Zögerlich hob ich die kratzige Wolldecke empor, um mich zu vergewissern...

Tatsächlich! Lediglich eines meiner neuen Spitzenwäschesets bedeckte meinen Körper. Leise legte ich sie nieder. Meinem Test, mich aufzusetzen, wurde durch einen stechenden Kopfschmerz ein jähes Ende bereitet. Unsanft fiel ich auf den noch schlafenden, fremden Körper zurück.

»Guten Morgen, meine Schöne«, säuselte Tom mit triefend süßer Stimme.

»Aber du warst doch gegangen?«, murmelte ich immer noch verzweifelt.

»Ich hatte dir versprochen, dass ich dich in diesem Zustand nicht alleine lassen wollte, daher war es für dich in Ordnung, dass ich bleibe. Meine Sorgen waren echt groß. Du wolltest unbedingt weiter trinken, aber ich bin nach dem Sekt ausgestiegen«, erklärte Tom ausgiebig, bevor er mit seinem Kinn zu dem Kaffeetisch neben uns deutete. Darauf zu finden waren zwei leere Sektgläser, ein halbvolles Glas Wein sowie eine leere Flasche Rotwein. Ich rieb mir über die in Falten gelegte Stirn. Das war ausgesprochen seltsam, denn normalerweise trank ich nie Rotwein, diese Flasche hatte ich lediglich für Maya im Schrank. Die meisten Sorten des blutroten Getränkes verschafften mir einen saftigen Ausschlag, welchen ich vergeblich an mir suchte. Krampfhaft konzentrierte ich mich auf Erinnerungsfetzen, doch das Letzte, was ich wusste, war meine Bitte an ihn, zu verschwinden. Wie konnte ich alles nach dem ersten Sektglas vergessen? Vor allem wegen des absurden Katers, den ich gerade durchlebte.

»Haben wir?«, deutete ich die unausweichliche Frage an.

»Oh, das weißt du auch nicht mehr? Ähm … Ja«, antwortete der Mann, auf dem ich lag, leise, doch mit unbestimmtem Unterton. Voller Scham zog ich mir die Decke über den zermarterten Kopf.

»Hey, alles gut. Es war der Wahnsinn. Echt, du bist mega! Dass du dich daran nicht mehr erinnern kannst … «, hörte ich ihn über die gemeinsam verbrachte Nacht schwärmen, ohne dass auch nur die winzigste Erinnerung zurückkam.

Ein Klingeln durchbrach meinen Gedankengang.

Ein weiterer Fehlversuch, aufzustehen folgte, wohingegen Tom wie ein junges Rehkitz aufsprang, sein Shirt überwarf und leichtfüßig zur Tür schlenderte. Wie konnte er derart widerlich fit sein?

Die Wohnungstür schwang kraftvoll auf und während mein Besuch zu mir eilte, rief Tom besorgt: »Einen wunderschönen Morgen wünsche ich dir, Aaron!«

Für meinen Zustand tat er dies wesentlich zu laut.

»Ich wollte sowieso gerade los, um Julis Schicht zu übernehmen, da sie nach der vergangen Nacht sehr ausgelaugt wirkt«, verkündete mein One – Night - Stand, bevor er pfeifend meine Wohnung verließ. Aaron gesellte sich zu meinen Füßen, auch sein Gesicht zeigte bloße Verwirrung.

»Was ist passiert?« flüsterte er mit tiefer Stimme, was für meinen gepeinigten Schädel eine wahre Wohltat darstellte. Frustriert drehte ich mich auf meiner Couch, ringend um die richtigen Worte:

»Aaron, so sehr ich mir eine ausgiebige Aussprache mit dir wünsche, jetzt gerade schaffe ich es nicht einmal, aufzustehen.«

»Das sehe ich«, antwortete mein bester Freund ohne jeglichen Hauch von Wut oder Aggression, dafür mit Sorge in der Stimmlage.

Sein Blick war starr von mir weg gerichtet, dies bestärkte seine Enttäuschung.

Plötzlich hellte sich sein Gesichtsausdruck auf, und zwischen leisem Lachen prustete er:

»Und wer hat den Rotwein getrunken?«

Ein zartes, warmherziges Lächeln umspielte seine Lippen. Doch ich schloss träge meine Augen, als ich nuschelte: »Angeblich ich.«

»Niemals!«, lachte Aaron laut und suchte grob meinen Körper ab, vermutlich nach Rötungen und Pusteln, doch die Lautstärke seines Erquickens ließ einen solchen Schmerz durch meine Glieder fahren, dass sich mein Körper automatisch bäumte.

»`Tschuldigung« wisperte mein Freund verständnisvoll.

»Schon okay«, hauchte ich völlig zerrüttet,

»Ich kann mich selbst an nichts mehr von dem allen erinnern. Das Letzte, an das ich mich noch wirklich klar erinnern kann, war Tom gebeten zu haben, zu gehen, um alleine zu sein. Wie das Ganze noch solchermaßen entgleisen konnte, kann ich mir beim besten Willen nicht erklären!«, machte ich meiner Entgeisterung Luft. Wenige Sekunden verstrichen.

»Was, wenn du nicht diejenige warst, welche außer Bahn geriet? Was, wenn es an ihm lag?«, unterstellte Aaron mit fester, ernster Stimme, doch für meine wirren Gedanken sprach er wesentlich zu kryptisch: »Was meinst du?«

»Vielleicht hat Tom dich abgefüllt oder dir etwas in dein Glas getan? Jules, wir sollten in ein Krankenhaus fahren, damit man dich untersuchen und auf Drogen testen kann. Mit etwas dergleichen ist nicht zu spaßen«, warf er Tom vor.

Ich dachte kurz über seine Anschuldigung: »Ausgeschlossen. Ich war zwar kurz außerhalb des Zimmers, aber Tom ist eben erst zwanzig geworden. Denkst du echt, er hat das alles geplant?. Er hätte ja auch etwas dabeihaben müssen, trichtert mir etwas Unbekanntes ein und nimmt sich anschließend die Zeit, mein Wohnzimmer inklusive mir entsprechend herzurichten? Ich kann nachvollziehen, dass du ihn hasst, aber ich traue ihm das nicht zu. Und in ein Krankenhaus bringst du mich nicht. Die denken noch, ich wäre ein Schluckspecht! Lass mich einfach hier. Ich komme schon klar. Betrachte es als meine Strafe für mein bescheidenes Verhalten gestern«, beendete ich meinen von Selbstmitleid gespickten Vortrag. Ich bemerkte, wie Aaron aufstand, zur Küche ging und verkündete:

»Stimmt, das war es … Aber jetzt päppeln wir dich erst einmal wieder auf.«

Weiterhin mit geschlossenen Augen hörte ich ihn in meiner winzigen Küche - viel zu laut – wirbeln. Allmählich dämmerte es mir, wie spät es war und dass ich wohl sämtliche Vorlesungen verpasst hatte. Suchend kämpfte ich gegen den Schmerz an und rief entnervt: »Wo ist dieses verdammte Handy?«

»Hier«, antwortete Aaron aus der Küche und kam mit einem Tablett voller Heißgetränke inklusive Snacks wieder.

»Was willst du denn damit?«, wollte er von mir wissen.

»Ich habe die Vorlesungen verpasst. Maya muss mir ihre Aufzeichnungen leihen«, wimmerte ich noch immer angeschlagen.

Das Tablett abgestellt, legte er mir beruhigend seine Hand auf die Schulter und hauchte: »Schon gut. Ich mache das. Soll ich das Bild aus deinem Status nehmen?«

Ein tiefer Schock nistete sich tief in mir ein.

»Welches Bild?«, kreischte ich panisch.

Aaron drückte ein paar Tasten, um, wie ich kurz darauf feststellte, die Galerie auf meinem Telefon zu öffnen und mir das Gerät hinzuhalten.

»Deswegen bin ich hier … Es ist in deinem Status mit einem … für dich untypischen Titel. Das ist so gar nicht deine Art, daher habe ich mir Sorgen gemacht«, murmelte dieses Mal mein bester Freund eine Erklärung, doch ich nahm es kaum wahr, sondern starrte vollkommen verdutzt auf den Bildschirm in meiner rechten Hand. Auf dem

Foto sah man zunächst einen lächelnden, zufriedenen Tom ohne Shirt – nichts Schlimmes - aber mit dem Gesicht zu ihm gedreht, offenbar tief schlafend, lag ich. Der hauchdünne BH, welchen ich auch jetzt noch trug, verdeckte meine Brüste. Weiter unten wurde meine Scham durch die kratzige Wolldecke verhüllt. Unfassbar, denn ein solches Foto hätte ich niemals von mir machen lassen. Angsterfüllt wischte ich auf dem Handy nach links, um ein weiteres Foto zu entdecken, jedoch dieses Mal ohne Decke. Der minimalistisch kleine String, welcher ich lediglich an Waschtagen trug, bedeckte im Grunde nichts, während mein Bein über seinem erigierten und trotz Boxershorts gut sichtbarem Glied lag.

»Oh Gott«, entfuhr es mir fassungslos, als ich das Handy fallenließ. Schlagartig überkam mich die Erkenntnis, dass ich noch immer nicht mehr trug, weshalb ich eilig die Wolldecke um mich herumschlang. »Mach das weg! Bitte, sag mir, dass das niemand gesehen hat!«, weinte ich beinahe an Aaron gewandt, welcher mich ohne zu zögern in die Arme schloss.

»Nein. Das zweite habe ich nirgends gesehen. Warte, ich lösche sie« versprach er mir betroffen. Nachdem mein Freund die Bilder meiner Schande von meinem Telefon verbannt hatte, ließ ich ihn für die nächsten Stunden nicht mehr los. Wie konnte ich das alles in so kurzer Zeit betrunken bewerkstelligen? Was hatte ich da nur getan?Ich hätte nicht gedacht, dass ich nach den vergangenen Tagen noch Tränen produzieren konnte, doch ich tat es.

Nach Aarons Fürsorge - Aspirin, Tee, Wasser und Brühe, sowie Schlaf - , war ich gegen Abend wieder halbwegs ansprechbar, sodass wir uns endlich unterhalten konnten – dachte ich, denn bevor ich ansetzen konnte, stand er auf und sagte:

»So, ich mach mich dann mal auf den Weg.«

»Nein, bitte bleib noch«, bettelte ich ihn an. Er setzte sich wieder.

»Ich muss mich entschuldigen … Das mit gestern … Es tut mir sehr leid. Ich war so unfair und du hast Recht, ich habe kein Recht, über deine Partnerinnen zu urteilen. Ich glaube, ich war einfach sauer wegen Pauli. Dass ihr anbandelt, ist komisch für mich, und dann hat sie auch noch gelogen...« beendete ich vorerst meine Entschuldigung, Aaron hingegen schlug sich die

Hand vor den Kopf. Die haselnussbraunen Augen weit aufgerissen.

»Pauline, die habe ich ganz vergessen«, murmelte er in seinen hübschen Drei-Tage-Bart. Fragend betrachtete ich den attraktiven Mann, der sich mit mir das Sofa teilte. Unterdessen erhob er sich erneut und warf seine Jacke über.

»Wir waren heute Mittag verabredet. Ich hatte mir extra Homeoffice genommen, doch dir ging es so schlecht. Mist, wie kann ich das nur wiedergutmachen?« Eilig kam er zu mir, drückte mich kurz und versprach: »Darüber sprechen wir in Ruhe noch einmal, ja? Vergiss nicht, egal, was passiert, ich bin für dich da.«

»Margeriten«, flüsterte ich mechanisch. Der Ausdruck seines Gesichtes verhieß Verwirrung.

»Die mag sie gern. Hatten wir mal im Santiagos«, erläuterte ich meinen Hinweis knapp. Ein ebenso knappes aber nicht minder wunderbares Lächeln schenkte mir mein Held, bevor er verschwand.

Nach all den seltsamen Geschehnissen der letzten vierundzwanzig Stunden warf ich mich ruhelos für den Rest des Tages ins Bett.

Gähnend langweilig verlief der Donnerstag, aber zur Abwechslung war mir dies ganz recht. Am Vormittag hatte ich Vorlesungen, nachmittags war ich im Lokal arbeiten, und mein Handy mied ich weitestgehend. So kam es, dass ich den darauffolgenden Freitagmittag in der gut besuchten Unibibliothek verbrachte. Unerwartet traf ich Cameron dort. Er grüßte mich freundlich und wollte von mir wissen, ob ich mit meinem Freund da wäre.

»Freund?«, hakte ich unwissend nach.

»Einer von den Beiden, die sich auf der Feier gestritten haben. Der Jüngere mit dem braunen Haar.«

»Tom?«, rutschte es mir heraus. Wieder ein Nicken:

»Richtig, Tom hat gerade die Bücherei verlassen.«

Schulterzuckend verabschiedete sich Mayas Schwarm. Seltsam, dachte ich. Was hatte Tom hier gemacht? Und warum hatte er mich nicht gegrüßt?

Ich wandte mich wieder meinen Texten zu.

Nach einiger Recherchearbeit ging ich, wie gewohnt, zur Arbeit.

Dieser Freitagabend war irgendwie seltsam. Meine Schicht endete pünktlich um zehn Uhr. Das Lokal sowie die Umgebung waren gespenstisch leer und die undurchdringliche Dunkelheit kombiniert mit dem stürmischen Herbstregen trugen ihr übriges zur Stimmung bei. Beides raubte mir die Sicht in die Ferne, sodass ich nahezu penibel von Laterne zu Laterne zur fünf Minuten entfernten Bushaltestelle schritt. Zunehmend beschlich mich das Gefühl, beobachtet oder verfolgt zu werden, doch so sehr ich mich auch bemühte: Ich konnte niemanden wahrnehmen.

Im Glauben, einen paranoiden Schub zu durchleiden, schüttelte ich bei der Haltestelle energisch den Kopf. Ich musste mich am Wochenende wohl etwas ausruhen, denn nun fühlte sich mein Körper verkrampft und müde an. Die Scheinwerfer des nahenden Busses erhellten die Haltestelle, als ich eine SMS bekam. Geschwind stieg ich in den Bus ein, suchte mir einen freien Sitzplatz im leeren Gefährt und zog beunruhigt das Mobiltelefon hervor. Die Nachricht stammte von einer unterdrückten Nummer, sodass mir das Gerät lediglich das Wort *Unbekannt* anzeigte. Nervös öffnete ich die eingegangene Benachrichtigung:

*Schüttel nur weiter dein hübsches Köpfchen. Ich sehe dich. Immer. Irgendwann wirst du mein sein ...*

Angst beherrschte meinen gesamten Organismus. Hektisch blickte ich mich um. Gänsehaut und kalter Schweiß bedeckten meine Haut. Der Magen sowie meine Gedanken, überschlugen sich mehrfach.
Ich überlegte.

Ich musste jemanden anrufen – genau!

Aaron? War vermutlich bei einem Treffen mit Pauli, und nach Mittwoch wollte ich ihn nicht schon wieder für mich vereinnahmen.

Maya? Datete just in diesem Moment Cameron.

Blieb nur noch Tom. Auch wenn mir der letzte Abend mit ihm seltsam vorkam, so war es doch meine Schuld, da ich mich derart betrunken hatte. Also wählte ich seinen Namen in meinen Kontakten und wartete das Tuten ab. Unterdessen kontrahierte mein Herz, so schnell es konnte.

»Hallo, Juli?«, fragte die Stimme, in der völlige Entspannung lag, am anderen Ende der Leitung.

»Hey, Tom. Ich weiß, das klingt total seltsam... aber ich... ich glaube mich verfolgt jemand. Es ist wahrscheinlich nichts, aber ich würde mich wohler fühlen, wenn du bei mir wärst. Könnten wir uns bei mir treffen?«, bat ich meinen Freund angsterfüllt.

»Klar, ich mache mich sofort auf den Weg. Bis gleich, Schatz«, antwortete er selbstbewusst vor dem Auflegen. Der Bus fuhr nur noch wenige Minuten, weshalb die Panik, welche mich beherrschte, ihren finalen Punkt erreichte. Fest versprach ich mir selbst, die finstere Straße bis zu meinem Haus entlang so zu rennen, als würde ich gejagt werden. - Und das tat ich auch.

Mein Herz hämmerte ungestüm in der Brust, meine Lungenflügel japsten inbrünstig nach

Sauerstoff, und ich spürte, wie meine Waden betongleich schwer wurden. Ich rannte.

Das Haus, in dem ich wohnte, kam endlich in Sichtweite, davor jedoch stand eine düstere, menschliche Gestalt. Ein weiterer Schwall kalten Schweißes rann über meinen erhitzten Rücken. War dies mein Verfolger? Nach einigen Sekunden erkannte ich Tom, sodass ich geradewegs in seine ausgebreiteten Arme sprintete. Hastig verschwanden wir ins Haus.

Den Abend verbrachte der junge Mann mit mir. Wir sahen fern.. Ich erhielt keine weitere Nachricht und bat ihn deshalb zu gehen. Die darauffolgende Nacht verlief anstrengend, da ich in rund fünf Stunden ganze sechsmal panisch aufschreckte und mich entschloss, dem um 5:30 Uhr ein Ende zu bereiten. Ich duschte ausgiebig, zog mir ein kuscheliges Strickkleid samt Strumpfhose an und aß auf der Couch mein Müsli. Unterdessen ließ ich mich vom Fernsehgerät beschallen. Nach einer Weile konnte ich mich dazu durchringen, auf meinem Handy die Nachrichten zu checken. Maya erfreute sich ihres frischen Liebesglückes und fragte nach einem Treffen am morgigen Sonntag, weswegen wir uns für nachmittags bei mir verabredeten. Tom wünschte mir einen guten Morgen, doch ich antwortete ihm vorerst nicht, denn mein Gefühl gab mir zu verstehen, dass er die Sache mit der Freundschaft noch nicht gänzlich verstanden hatte.

In meiner Nähe breitete sich der jugendliche Mann sehr aus, sann ich, führte sich auf, als hätte er irgendwelche Ansprüche auf mich, berührte mich ständig. Alles in allem fühlte ich mich nicht wohl mit ihm, und das würde ich ihm auch noch in einem ruhigen Moment mitteilen. Aaron hingegen, seine Nähe vermisste ich. Es schmerzte, daran zu denken, aber ich unternahm den zögerlichen Versuch einer Konversation.

*Guten Morgen, Aaron. Wie geht's dir? Bleibt es bei heute Abend?*

tippte ich in das handgroße Gerät. Wenige Sekunden später verriet mir die dessen Vibration, dass mein bester Freund geantwortet hatte.
Ich behielt recht.
Genau so schnell, wie die Hoffnung in meinem Herzen entflammte, erlosch sie, als ich die wortkarge Antwort sah.

*Natürlich.*

schrieb er. Verzweifelt warf ich das teuflische Ding beiseite, schnappte mir eines der Sofakissen und weinte hinein. Leise. Unauffällig. Unnachgiebig.

Um exakt achtzehn Uhr stand Aaron auf meiner Fußmatte, dann begrüßten wir uns lapidar und gingen zu seinem sportlichen Gefährt. Das abartig schöne Wetter machte mich wütend. Wie konnte an so einem beschissenen Tag so gutes Wetter sein?

Ich entwickelte mich durch den Liebeskummer zu einer waschechten Zynikerin. Die Sonne erleuchtete die bunten Herbstblätter in den Kronen und am Wegesrand. Aaron summte beim Fahren fröhlich vor sich hin.

»Na, da hat ja jemand gute Laune. Wie kommt's?«, grummelte ich passend zur aktuellen Stimmung.

»Es war ein fantastischer Abend gestern. Sie war übrigens von den Blumen begeistert, daher haben Pauli und ich uns für weitere Treffen verabredet. Noch fühlt es sich nicht wie die einzig wahre Liebe an, aber sie tut mir gut und vielleicht wird sie es noch«, sprudelte es aus meinem euphorischen Freund heraus, während ich nur ein kurzes »Cool. Glückwunsch« für ihn übrig hatte. Diese Worte widersprachen meinen ehrlichen Gefühlen so stark, dass ich sie förmlich ausspuckte. Zu meinem Glück kamen wir in diesem Moment am Schwimmbad an, sodass ich beinahe aus dem gerade parkenden Auto sprang und mein Tempo beim Gehen drosseln musste, um keine unbequemen Fragen aufkommen zu lassen. Aaron hingegen plapperte fröhlich über die schöne, sexy und lustige Pauli. Deshalb stieg in mir die Galle auf, denn selbst in den Umkleiden plauschte er vor sich, ohne meinen Unmut zu bemerken. Stumm lief ich neben dem stetig weiter redenden Aaron her und starrte unbeholfen auf meine Flipflops nieder.

Plötzlich prallte ich unsanft gegen eine behaarte Männerbrust. Mein ungeschicktes Fallen konnte nur deshalb verhindert werden, weil beide Männer in letzter Sekunde nach mir griffen.

»Oh Gott, entschuldigen Sie«, sagte ich schwammig -

Bis ich hinauf sah.

»Tom?«, entfuhr es mir unabsichtlich laut und voller Verwirrung.

»Was machst du denn hier?«, fragte ich erschrocken. Er antwortete verlegen:

»Naja, ehrlich gesagt hat mir die Sache mit der SMS keine Ruhe mehr gelassen. Ich habe mir Sorgen um dich gemacht, hatte Angst, der Irre würde sich nochmal bei dir melden, und da ich wusste, wo du bist, dachte ich, es wäre eine gute Idee, auf dich aufzupassen. Tut mir leid, dass Aaron bei dir ist, wusste ich nicht...«

»Was für eine Nachricht?« hakte Aaron unwissend nach. In seiner tiefen Stimme schwang aufrichtige Sorge mit.

»Erkläre ich dir gleich, Aaron. Danke, das ist wirklich lieb von dir, aber wie du siehst, habe ich einen starken Beschützer dabei«, missglückte mir der Versuch von Humor in der gespannten Situation.

»Ja, das sehe ich ... Hast du morgen Zeit?«

»Also eigentlich bin ich mit Maya verabredet ... «

»Ach, das macht mir nichts. Sie ist sehr nett. Schreib mir einfach die Uhrzeit«, sagte er unnachgiebig.

Ein schneller Kuss seinerseits auf meine Wange folgte und er verschwand winkend zu den Umkleiden.

»Also seid ihr zusammen?«, erkundigte sich Aaron interessiert.

»Nein, wir sind Freunde«, verkündete ich ihm knapp und setzte mich in Bewegung.

»Und was hat das mit der ominösen Nachricht auf sich?« sprach er verwirrt und schloss zu mir auf.

»Nichts Wichtiges ... Gestern nach meiner Schicht im Santiagos hatte ich einen paranoiden Schub oder so. Ich fühlte mich beobachtet, dann bekam ich noch eine merkwürdige Nachricht, also bat ich Tom kurzentschlossen, zu mir zu kommen. Hatte auch schließlich niemand anderes Zeit«, schilderte ich mit gesenktem Kopf meine unangenehme Zwickmühle.

»Warum hast du nicht mich gefragt?«, wollte er von mir wissen.

»Ich dachte, Pauli wäre bei dir und ich wollte euch nicht schon wieder stören« - »Du störst nie, Jules! Ehrlich, für dich nehme ich mir alle Zeit der Welt. Das weißt du doch, denn schließlich bist du das Wichtigste für mich.«

»Ich wünschte, es wäre noch so«, murmelte ich traurig und stieg eilig ins Wasser, um das Gespräch zu beenden. Das Schwimmen verdrängte all die Trauer und die Sorgen. Für den Augenblick.

# Kapitel zehn

Den Rückweg verbrachten wir größtenteils schweigend. Bei mir zu Hause angekommen, dankte ich Aaron, bot ihm etwas Spritgeld an, was er natürlich gleich wieder ablehnte, und verabschiedete mich kurz angebunden.

Die Wohnung kam mir selten derart leer und trostlos vor, also warf ich meine Tasche auf die rustikalen Wohnzimmerdielen, die Jacke an die Ankleide und mich ohne Umschweife auf die große Couch. Ich war fest entschlossen, mich in meinem Elend zu suhlen. Im Fernsehen lief nichts Interessantes, daher entschied ich mich für eine Gameshow , in der alles in bunten Farben blinkte, ein Mann im blauen Anzug ausgefallene Fragen stellte und die geistreichen Kandidaten um die Gunst des Publikums buhlten. Kurz erwog ich mir, Naschis im nächsten Supermarkt kaufen zu gehen, doch der starke Regenschauer motivierte mich, unter meiner kuscheligen Decke zu bleiben. Ein wenig später jedoch schritt ich zum Bücherregal, wo ich meinen derzeitigen Favoriten hervorzog. Ich hatte erst rund fünfzig Seiten des nahezu siebenhundert Seiten langen Kolosses gelesen, doch bereits jetzt zog Skadis Schicksal in Weltentod mich in seinen Bann.

Wie in Trance las ich die nächsten hundert Seiten, bis ich mir müde die Augen rieb und mich für eine lockere Dating-Show entschied. Die Lider fielen mir unwillkürlich zu, doch überraschend erklang mein Klingelton.

»I was made for lovin` you, Baby«, machte das kleine elektrische Gerät. Panisch schreckte ich auf und nahm den eingehenden Anruf an.

»Hallo?«, erfragte ich meinen unbekannten Gesprächspartner.

»Oh nein, Jules, habe ich dich geweckt?«, erklang Aarons wunderbar brummende Stimme. Ich gähnte kurz und sagte:

»Ne, hab nur etwas gedöst. Was gibt's?«

»Es ist zwar spät, aber ... kann ich vorbeikommen?«

Der Ton seiner Stimme verriet mir die Dringlichkeit seines Wunsches.

»Sicher«, antwortete ich träge wie ein Faultier und fuhr nach einem Moment fort:

»Aaron?«

»Kekse?«

»Du bist der Beste«, kreischte ich etwas wacher und legte selbstzufrieden auf. Aaron war wunderbar, denn er wusste intuitiv, wann ich meine Cookies benötigte. Zugegeben, das war immer der Fall, aber dennoch war es löblich. Den Fernseher schaltete ich ab und nach einem kurzen Toilettengang schlurfte ich in die Küche, um eine Kanne willkürlich ausgesuchten

Früchtetees aufzusetzen und alle Zutaten für einen Kakao heraus zu kramen.

Nachdem ich einige Male ausgiebig gegähnt hatte setzte ich das Teewasser auf, gab etwas Honig in die bunte Kanne  und wandte mich dem Kakao zu.

Als alles bereit zum Verzehr war, klopfte es an der Tür zu meiner Studentenwohnung.

Diese öffnete ich motiviert und empfing meinen Besuch, welcher eine absurde Menge Kekse bei sich hatte. Wir setzten uns auf meine Couch. Gedankenverloren schob ich mir den ersten von vielen Schokokeksen in den Mund. Hm, diese Schokolade – Ein wahrer Segen!

»Jules, es tut mir leid, wie alles gelaufen ist. Ich sehe bei Tom einfach rot nach unserer Prügelei, aber wenn du ihn magst, werde ich mich mit ihm arrangieren. Versteh doch, du bist mir unendlich wichtig! Ohne dich kann ich einfach nicht sein. Will ich auch nicht. Bitte, können wir das einfach hinter uns lassen?«, bettelte mein Freund herzerweichend, als seine kantigen Gesichtszüge weicher wurden.

Röte stieg in seine Wangen, Tränen unterwanderten seine Augen. Ihn so sehen zu müssen, ließ mich erbeben.

Unachtsam stürzte ich auf ihn zu, warf ihn waagerecht auf das Sofa und drückte mich fest an ihn. Es schien, als sei seine Wärme das Einzige, was ich zum Leben brauchte.

»Ich habe dich vermisst«, weinte ich unkontrolliert an seiner Brust. Tröstend umschlangen mich seine langen Arme.

»Ich dich auch«, flüsterte er gefühlvoll. Wir verharrten eine Weile in dieser Position, bevor wir unsere Heißgetränke, sowie die leichte Unterhaltung genossen. Dennoch ließ meine Gefühlswelt Aaron nicht los. Die quälenden Gedanken wanderten zu Pauli, wie sie sich jetzt fühlen müsste, wenn sie uns so gesehen hätte.

»Wegen Pauline«, setzte ich unruhig an, »ich war so schäbig, wenn sie wirklich die Eine für dich ist, will ich euch nicht im Wege stehen!«

Seine große Hand strich sachte über meine Wange.

»Das hat sich erledigt. Nach unserem letzten Gespräch habe ich mich wegen der Lüge, von der du gesprochen hattest, bei ihr erkundigt. Es stellte sich raus, dass sie einen Keil zwischen uns treiben wollte. Zwar hat sie sich entschuldigt und bitterlich geweint, aber ich denke, dass das weder eine gesunde Basis für eine Beziehung noch fair dir gegenüber ist«, erklärte er hart.

»Tut mir leid«, flüsterte ich nervös, da wir uns direkt ansahen. Sein Gesicht war nur wenige Zentimeter von meinem entfernt und ich fragte mich, ob ich ihn wohl küssen durfte, sodass eine Hitzewelle meinen kleinen Körper durchflutete, unsere Blicke einander hielten und er mich langsam an sich zog.

Zuerst schloss er seine kastanienbraunen Augen, dann ich meine. Zart berührten sich unsere Lippen –

als plötzlich mein Handy vibrierte. Mein panischer Blick wandte sich unwillkürlich Richtung Display, was mich von ihm abbrachte. Von *Unbekannt* stand da. Ein angstvolles Zittern breitete sich in mir aus, die wohlige Wärme verwandelte sich in Eiseskälte, das Blut pulsierte hektisch und kühl in meinen Adern.

»Was ist los?«, wollte Aaron verwundert von mir wissen. Ich nahm das Telefon in die Hand, damit er mitlesen konnte. Und auch er erstarrte beim Lesen. Der *Unbekannte* schrieb:

*Hab ruhig deinen Spaß mit ihm. Er wird dich nicht von mir trennen. Du gehörst zu mir und irgendwann wirst auch du das noch erkennen. Kuss*

»Pack' deine Sachen, Jules. Alles, was du für die nächste Woche benötigst: Bücher, Kleidung, Material für die Uni. Ich räume schnell das Geschirr weg und helfe dir danach«, befahl er ernst, als er hektisch aufsprang.

Nach einem Augenblick war auch ich der Bewegung mächtig und tat, was er wollte, weshalb ich mit einer großen Sporttasche ins Schlafzimmer ging. Unterwäsche, Socken, Shirts, Hosen, Kleider:Alles, was ich greifen konnte, packte ich in die Tasche. Meine

Schminkutensilien passten noch rein, sowie ein paar Shirts für die Arbeit. Die schwere Tasche warf ich angestrengt über meine Schulter, die Papiertasche mit dem Galakleid und den passenden Schuhen brachte ich zur Sicherheit ebenfalls zur Tür.

Im Wohnraum warf ich meinen Ordner sowie den Collegeblock in die Sporttasche. Bücher packte ich mehr als genug ein.

An der Wohnungstür nahm Aaron mir die drei großen Taschen ab und verbarrikadierte das Schloss. Eilig zog er mich an der Hand zu seinem Wagen, sodass wir schnell zu seiner Wohnung fahren konnten. Ich stand noch immer unter Schock.

Bei Aaron angekommen, schaltete er seine teure Alarmanlage an, räumte mir etwas Platz in seinem Kleiderschrank frei und wuselte aufgebracht durch die gesamte Wohnung. Auf seinem Sofa schlug ich währenddessen Wurzeln und starrte mein Handy fassungslos an. Mein bester Freund ließ sich erschöpft neben mich fallen und sagte im aufbauenden Ton:

»Das schaffen wir schon. Du wohnst die nächste Woche hier bei mir und ich bringe dich zur Uni und hole dich ab, dann kann ich auf dich aufpassen.

Ich habe noch eine Woche Homeoffice in meinem Stundenkontingent, so können wir Montag früh zur Polizei gehen, okay?«

Wieder einmal wurden meine Augen vor Trauer feucht. In diesem Moment war ich eine echte Heulsuse. Nickend keuchte ich: »Aber ich muss doch zur Arbeit und morgen bin ich mit Maya verabredet.«

Die Tränen gewannen natürlich den Kampf um meine Fassung und kullerten meine Wangen hinab.

»Auf der Arbeit kannst du dich krank melden, dafür gebe ich dir das Geld von dieser Woche, und Maya kann gerne herkommen. Das ist absolut kein Thema«, schlug mein Freund großzügig vor.

Wie hypnotisiert nickte ich und suchte seine Nähe, dann zog er mich mit einem Ruck auf sich und trug mich in sein geräumiges Schlafzimmer. Kurz überlegte ich, zu fragen, ob das ein Running Gag zwischen uns beiden wurde,entschied mich aber wegen der schwierigen Situation dagegen.

Auf dem weichen Bett ließ er mich sorgsam nieder.

»Es ist schon spät. Ruh' dich aus. Du brauchst dir keine Sorgen zu machen, denn ich beschütze dich. Nun zieh dich um, und ich mach dir noch was Warmes zu Trinken. Tee oder Kakao?«

»Schoki«, antwortete ich so blitzschnell und spontan, dass wir beide lächelten. Zügig tauschte ich meine Kleidung des Tages gegen ein

Schlafshirt ein und warf mich quer auf das Kingsize Bett, dessen kuschelige Decken, das Gefühl von Sicherheit und Aaron in meiner Nähe mir die nötige Bettschwere gaben, um in den Schlaf zu sinken.

»Guten Morgen, Jules. Möchtest du etwas frühstücken?« durchdrang Aarons weiche, tiefe Stimme die wogenden Schwingen meiner kraftspendenden Träume.

»Hm-Mh«, säuselte ich mit geschlossenen Lidern. Ein sanftes Kichern erhellte den Raum, bevor die Matratze mir verriet, dass sein muskulöser Körper sich vom Bett erhob. Neugierig öffnete ich kurzentschlossen die Augen, denn die Verlockung, Aarons spärlich bekleideten Oberkörper zu sehen, war groß. Leider erhaschte ich lediglich einen Blick auf seinen nackten Fuß. Macht nichts, dachte ich mir und kuschelte mich wieder ein – nur, um kurz darauf klirrende Geschirrteile und die Klingel läuten zu hören. Grummelnd sank ich tiefer in das Meer aus wunderbaren Kissen und Decken. Man merkte, dass mein bester Freund Wert auf Schlafkomfort legte, weshalb ich mich fühlte wie von einer Wolke umgeben.

Einer warmen, weichen, kuscheligen Wolke.

Nachdem Aaron eine Tasse heißen Kaffee auf die Fliesen seiner Küche fallen gelassen hatte und ich mir nicht mehr sicher war, ob das Zubruch gehen der Tasse oder sein Fluchen lauter war, beschloss ich, ebenfalls aufzustehen. Nach einem gemütlichen Frühstück verlor ich mich ein wenig in einem meiner Bücher. Mein bester Freund widmete sich dagegen einem beruflichen Projekt an seinem Computer, um etwas vorzuarbeiten, damit wir morgen zur Polizei konnten. Die Zeit verflog geradezu.

Nachmittags kamen Maya und Tom zu Besuch. Zunächst war die Stimmung zum Zerreißen angespannt, nicht zuletzt wegen Toms ständiger, unerwiderter Annäherungsversuche, doch nach und nach löste sich die unangenehme Spannung.

Maya erklärten wir, warum das heutige Treffen bei Aaron stattfand, und sogar Tom und Aaron scherzten irgendwann gemeinsam. Zwar äußerst zurückhaltend, aber immerhin etwas, überlegte ich dankbar. Als meine beste Freundin stolz von ihrem neuen Partner Cameron erzählte kehrte Stille ein. Tom schien endlich zu verstehen, was Freundschaft für mich bedeutete und neigte traurig sein Haupt, dann bat ich ihn unauffällig um ein Gespräch in Aarons offener, großer Küche. »Alles in Ordnung?«, fragte ich schuldig nach seinem Gefühlsleben mit dem Wissen, dass es an mir lag, seine Emotionen nicht länger zu verletzen. Seine Schultern zuckten leicht nach oben, doch seine schmalen, rosigen Lippen blieben ernst zu einer ungerührten Linie verschlossen. Um die Nervosität zu durchbrechen, fuhr ich mir durch meine dicken Haare und bot mitfühlend an: »Wenn du Zeit brauchst, um das mit unserer Freundschaft zu verarbeiten, kann ich dich verstehen ... Du musst nicht hier sein, wenn dir das zu sehr wehtut.«

Beiläufig tastete ich nach seinem muskulösen Arm, um ihm Trost zu spenden, denn seine Gesichtszüge spiegelten klar und deutlich den Schmerz seines gekränkten, jungen Herzens wider. Ein leichtes Nicken.

»Du hast Recht. Ich denke, ich brauche einfach ein wenig Zeit, um das zu akzeptieren. Ich melde mich bei dir, Juli« flüsterte Tom, streifte mir beiläufig einen Kuss auf die Wange und ging in den Flur. Mit einem gespielt fröhlichen »Ciao, Leute!«, verabschiedete sich der Freund unauffällig von Aaron und Maya, welche herzlich lachten und plauderten. Kurz winkten sie uns zu. Damit verschwand Tom Meier.

Aus der Wohnung, aus meinem Kopf und aus meinem Leben. Es ist am Besten so, sagte ich bestimmt zu mir selbst, während ich zurück zum Sofa schlenderte, wo die beiden Freunde amüsiert gerade die Höhepunkte ihrer gescheiterten Dates parodierten. Hierzu setzte ich mich stumm.

Gelegentlich stieg ich knapp in ihr ausgiebiges Gelächter ein, wobei meine Gedanken um den gepeinigten Tom, Aaron, der einfach nicht dazu fähig war, mich zu lieben, und diesem seltsamen Unbekannten, welcher mich drangsalierte, unaufhörlich kreisten.

Gegen Abend verließ uns Maya, da sie plante, ausgiebig mit ihrem neuen Freund zu telefonieren.

»Hunger?«, fragte ich Aaron beiläufig in der Hoffnung, etwas Schönes für uns kochen zu können, um die unangenehmen Gedanken aus meinem zermürbten Kopf verdrängen zu können.

»Immer«, erwiderte er lachend und laut.

»Ich koche uns eine Curry-Pfanne mit Reis, ja?« sagte er eher, als dass er fragte. Ich trottete ihm unmotiviert nach. Die Hocker an seiner Kochinsel waren mein Ziel, weshalb ich mir ein hölzernes Schneidebrett und ein scharfes Messer nahm und mich dazu setzte. Fix wusch er das Gemüse, dann reichte er es mir zum Schneiden.

»Jules?«

»Ja?«

»Erzähl«, forderte mein Gegenüber mich auf, meine scheinbar unübersehbaren Sorgen mit ihm zu Teilen.

Ich beobachtete meinen Freund, wie er den Reis zubereitete, dann die Zwiebeln in kleine Würfel schnitt und diese ordentlich würzte und anbriet. Endlich nahm ich mir die Zeit, ihn zu mustern, jedoch stand er meist zum Herd gewandt, also mit dem breiten Kreuz zu mir. Seine blonden Haare reichten mittlerweile über seine Schultern, was mich ein wenig an flüssiges Gold erinnerte. Die Schultern ragten breit hinauf über seine etwas schmaleren Lenden  und seinen Po. Süß war dieser, dachte ich, und suchte nach einer passenden Form.

Plötzlich drehte sich Aaron zu mir, daher beeilte ich mich und hob meinen Blick, um ihm nicht zusätzlich noch offenherzig in den Schritt zu starren. Empört blickte mein Freund zu mir, sodass mir ein knappes »Was?« zwischen den Lippen entfloh.

Die Empörung wich einem breiten Grinsen, in dem Freude sowie ein Hauch Sexappeal lag. Mein Blut verlagerte sich in die Wangen und trieb somit die Schamesröte unverblümt an.

»Hast du mir etwa auf den Hintern gestarrt?« fragte er, als seine Mimik weiter gen Sexappeal wanderte. Seine Augen versprachen Belustigung, aber seine anzügliche Körperhaltung verriet ihn, weshalb ich nervös stotterte:

»Was? Ich? Ähm ... nein ... ich äh ...
Du hast einen Fleck auf der Hose.«
Elegant glitt er am Tresen vorbei, reckte mir seinen süßen Hintern entgegen und bat mich lächelnd:
»Oh, könntest du bitte?«
Obwohl es mir unmöglich erschien, stieg mir noch mehr Blut in den erhitzten Kopf. Es wurde mir vor Aufregung ganz heiß. Hüpfend verließ ich den hohen Hocker.
»Ich muss kurz ins Bad«, antwortete ich unsicher und flüchtete ins monströse Badezimmer. Dort wusch ich mir gedankenversunken die Hände, wartend, dass die Röte sich aus meinem Gesicht verzog. Anschließend kehrte ich in die Wohnküche zurück. Aarons lustige, präsente Art sorgte dafür, dass meine Stimmung sich erhellte. Somit machte das Kochen noch richtig Spaß.
Nach einem ausgiebigen Abendessen und faulen Couching gingen wir zu Bett. Ich trug ein langes Schlafshirt, wohingegen mein Bettnachbar – wie immer – nur eine Unterhose trug. Wir teilten das großzügige Bett, sodass wir uns kaum berührten. Er lag auf dem Rücken, doch ich drehte mich unruhig zu ihm und fragte neugierig:
»Aaron?«
»Was denn, Jules?«, antwortete er ohne zu zögern. Ich gähnte ausgiebig und geräuschvoll.
»Was ist eigentlich mit der Gala am Freitag?«, säuselte ich langsam, denn meine Lider sanken schon nieder. Aaron dagegen schien hellwach:

»Möchtest du noch mit mir hingehen?«

»Mh-hm«, machte ich und schlief mit einem Lächeln auf den Lippen ein.

## Kapitel elf

Die Vorlesungen am Montagmorgen vergingen einigermaßen zügig. Unterdessen informierte ich meine Chefin über meine missliche Lage und nahm mir für die anstehende Woche mit ihrem Einverständnis frei, danach holte mich Aaron, wie ausgemacht, wieder von der Universität ab. Auf dem Weg zu seiner Wohnung erhielt ich eine neue SMS auf meinem Mobiltelefon, welche dafür sorgte, dass mein bester Freund mit seinem sportlichen Wagen rechts auf den Seitenstreifen fuhr. Es erschien erneut eine Nachricht von *Unbekannt* auf dem Display meines Handys, welche mir unmittelbar ein Gefühl von Übelkeit bescherte.

Angst sorgte dafür, dass meine Glieder steif wurden.

Kalter Schweiß rann über meinen Körper.

»Das reicht!«, rief Aaron energisch. Er knuffte gut gemeint meinen Arm, als er den Wagen wieder in Bewegung setzte.

»Jules, wir gehen zur Polizei, die werden wissen, was zu tun ist und dich beschützen, genau wie ich«, versuchte Aaron mich vergeblich zu beruhigen, doch wie so häufig erkämpften sich die Tränen den Sieg. Weinend zog ich mich in den großen Beifahrersitz zurück.

Der Besuch auf der Polizeiwache war … ernüchternd.

Zwar hatte Aaron den Beamten alles ausgiebig erklärt, doch sie wollten noch einmal jedes Detail von mir hören. Da ich allerdings niemanden gesehen hatte und die Telefonnummer zu einem Wegwerfhandy führte, konnten die Staatsbediensteten nicht wirklich viel ausrichten. Einfühlsam versprachen sie, dran zu bleiben und die Anzeige gegen Unbekannt aufzunehmen und weiterzuverfolgen. Sie rieten mir, vorerst nicht alleine das Haus zu verlassen und »die Augen offen zu halten« (Zitat Ende). Wir bedankten uns höflich und kehrten zum Auto zurück, wo Aaron den gesamten Weg nach Hause über fluchte. Auch das gemeinsame Kochen bot ihm keinerlei ausreichende Ablenkung.

Am Abend hatte er noch etwas zu arbeiten, weshalb ich mich mit meinem Lieblingsbuch auf die geräumige, rote Couch verzog. Bevor ich jedoch meinen Wälzer aufschlug, dachte ich an die letzte Äußerung meines Peinigers, in welcher stand:

*Ich werde nicht aus deinem Leben verschwinden, egal wo du wohnst. Du bist meine Bestimmung und ich werde dich niemals aufgeben! Bald wirst du verstehen, dann werden wir endlich zusammen sein. Kuss*

Meine Beunruhigung diesbezüglich war eindeutig. Wer war dieser verdammte Unbekannte und warum machte er es sich zur Aufgabe, mich zu verfolgen? Verzweiflung drohte die Oberhand in mir zu gewinnen, doch das wollte ich nicht. Nein. Dieser Irre durfte nicht gewinnen! Ich würde ihn ignorieren, bis er gelernt hätte, dass seine Nachrichten nichts bringen, so wie es die Polizei mir riet.

Aaron und Maya hielten es für keine gute Idee für mich, diese Woche zur Universität zu gehen, daher verständigten wir uns darauf, dass meine Freundin und Cameron mir die entsprechenden Unterlagen weiterreichen. Zudem übersandte ich den Professoren eine kurze E-Mail mit der Information meiner Abwesenheit.

Die Uhr verriet mir, dass es erst neun Uhr morgens war, daher brachte ich dem fleißig arbeitenden Aaron einen schwarzen Kaffee mit geschnittenem Obst und bereitete mir eine Kanne Kamillentee zu.

Als Erstes arbeitete ich die bisherigen Vorlesungen nach, was bedeutete, dass ich wissenschaftliche Texte las, mir die aktuellen Unterlagen konzentriert ansah und ein paar Aufgaben gewissenhaft bearbeitete. Die Uni hatte zwar erst vor Kurzem begonnen, aber es gab ausreichend für mich zu tun. Gegen halb eins spülte ich das Geschirr und begann, zu kochen.

Die Pasta mit Zucchinisoße war schnell zubereitet. Während des Essens schien auch

Aaron dankbar über das nette Gespräch zu sein. Gemeinsam räumten wir die Teller und das Besteck in die Spülmaschine, dann verzog sich Aaron in sein Büro, und ich entschied mich für ein ausgedehntes Mittagsschläfchen, denn schließlich hatte man nicht oft Zeit dafür.

Um vier Uhr wurde ich von meiner drückenden Blase geweckt. Nach dem Toilettengang zückte ich eines meiner Bücher. Dieses beschäftigte mich, bis Aaron für heute fertig mit seinem Arbeitspensum war. Anschließend machten wir einen kleinen Spaziergang, welcher aber durch einen starken Regenschauer ein abruptes Ende fand. Der heutige Abend zog sich und konnte auch durch einen Film nur geringfügig verkürzt werden.

Der Mittwoch verlief ebenso langweilig: Unterlagen sorgsam bearbeiten, etwas schlafen, das Mittagessen kochen, in einem meiner Bücher lesen, ein entspanntes Bad nehmen und ein Spieleabend mit meinem aktuellen Mitbewohner, welcher übrigens furchtbar im Kartenspiel `Uno` ist.

Es kam zwar kein Lebenszeichen von *Unbekannt,* was mich aufatmen ließ, doch ebenso wenig von meinen Freunden.

Donnerstag gab es einige Lichtblicke: Zunächst gingen wir im nächstgrößeren Supermarkt einkaufen, wobei ich Aaron davon abhalten musste, sämtliche Kekssorten für mich allein zu kaufen, da ich am morgigen Tage doch im mein atemberaubendes Kleid passen wollte. Danach kochten wir gemeinsam ein köstliches Gemüseragout und anschließend kamen Maya und ihr brandneuer Freund vorbei.

Gelächter und Freude durchdrangen endlich wieder die Wohnung des Sechsundzwanzigjährigen und die Zeit verging wahrlich wie im Fluge. Viel zu schnell verabschiedeten sich die beiden Partner turtelnd voneinander, weil Maya hier übernachtete, damit sie mir von den Vorlesungen erzählen und mir bei den Vorbereitungen für die Gala helfen konnte.

Weiterhin unterhielten wir uns kurz über Cameron und ihre neue Beziehung, dann gingen wir zu Bett. An diesem Abend hatte ich Probleme einzuschlafen, denn die Gala fühlte sich wie ein Ultimatum für meine Liebe zu Aaron an. Dieser schlief bereits tief und fest, als ich mich gedankenverloren hin - und her wälzte. Es ging schon viel zu lange so, dachte ich.

»Zeit für Plan B«, flüsterte mir missmutig selbst zu. Aaron legte seinen schweren Arm um mich.

Endlich war der langersehnte Freitag angebrochen. Ich musste lächeln, da ich wusste, wie irrelevant ein Tag im Vergleich zu einem Jahr oder Jahrzehnt sein konnte – doch ebenso konnte ein Tag alles grundlegend verändern. Und so kam es, dass ich nun mit Maya auf Aarons Bett saß und sie mir die Haare aufwändig frisierte. Mein Blick wanderte zu dem tickenden Wecker auf seinem Nachttisch: Es war siebzehn Uhr. In einer Stunde würde Aaron vor der Tür stehen, denn er machte sich derweil bei Cameron für den Abend fertig. Maya hatte vehement darauf bestanden, dass wir uns beim Fertigmachen nicht sahen, denn er wäre in Erwartung von – Ja, was eigentlich?

Seiner besten Freundin im typischen Schlabber - Look, die ihm rät, gesünder zu essen, um nicht mit Anfang Fünfzig drauf zugehen? Das würde heute sicherlich nicht passieren.

»Was, wenn er mich nicht liebt, Maya? Es ist doch möglich, dass er von vorneherein nur eine Freundschaft mit mir wollte«, sinnierte ich ängstlich.

»Juli!«, mahnte sie mich drohend. Entschuldigend hob ich die Hände und zuckte leicht mit den Schultern, doch meine Gedanken kreisten unaufhörlich um meinen Freund. Es kostete viel Kraft, gegen meine unbarmherzigen Gefühle anzukämpfen und immer wieder zu überlegen, ob meine Liebe erwidert wurde oder vergeblich war. Ich fühlte mich ausgelaugt, müde, am Ende meiner Kräfte. Behutsam bog ich meinen verspannten Rücken durch, während meine Freundin mit einem heißen Lockenstab ausgiebig an meinem Haupthaar hantierte.

»Rückenschmerzen?«, erkundigte sie sich besorgt.

»Nein, ich bin einfach erschöpft. Dieses ewige Hin und Her, - liebt er mich oder bin ich verrückt?- macht mich fertig. Ich spüre, wie viel Kraft mich das alles kostet«, erläuterte ich meine leidende Gefühlswelt.

»Schließe die Augen bitte. Jetzt kommt das Haarspray«, wies sie mich achtsam an und fuhr voller Empathie fort, »ich weiß es war ein langer, harter Weg bis hierhin, aber gib jetzt nicht so kurz vor dem Ziel auf, Juli. Du hast die Chance, also nutze sie.«

Mit diesen Worten war ihr traumhaftes Werk vollbracht.

»Am besten gehst du noch einmal zur Toilette, denn das wird in dem Kleid schwierig«, empfahl Maya.

Ich folgte ihrem sinnvollen Vorschlag, doch beim Waschen der Hände begutachtete ich ausgiebig ihr Meisterwerk:

Halb hochgesteckte, kupferne Haare mit Locken zierten meinen Kopf, einen zarten, rosa Lippenstift hatte sie aufgetragen und elegante Smokey - Eyes betonten meine Augenpartie. Die Frisur war zwar ungewohnt, doch ich fühlte mich aufregend schön, was selten genug war. Die

Vorfreude erhaschte mich und verdrängte die unangenehmen Gedankengänge.

Ich trat wieder in Aarons Schlafzimmer. Das grüne Kleid, welches meiner Augenfarbe glich, war nicht einfach anzuziehen, aber Maya hatte die Corsage knalleng gebunden, wie ein Profi. Es saß wahrlich perfekt und verursachte einen weiteren Freudenschub. Es war an der Zeit, einen festen Entschluss zu fassen, dachte ich und sprach leise:

»Es ist soweit. Heute oder nie, wenn es nicht endlich klappt, dann wird es nicht sein sollen. Ich kann das nicht mehr. Wir sind seit zehn Jahren an ein und demselben Punkt und ich muss weiterziehen.«

Schwungvoll drehte mich meine beste Freundin so zu sich herum, dass ich ihr puppenhaftes Gesicht erröten sah, welches derzeitig von Tränen in ihren dunklen Augen geziert wurde.

»Du willst mich verlassen?«, flüsterte sie betroffen, dann umarmte ich sie fest. Mit tröstender Miene blickte ich sie an und erläuterte meiner besten Freundin meinen Entschluss, fortzugehen: »Nicht dich, ihn. Verstehst du mich denn nicht? Es kann nicht so weitergehen, nicht wie in den vergangenen Jahren. Familie, Kinder und einen guten Job in der Frühförderung: all das sind längerfristig meine Ziele und entweder es wird heute von Aaron der Grundstein dafür gelegt, oder woanders mit jemand anderem. Ich könnte mit dem Geld meiner Großeltern einen Neustart wagen.«

Meine Freundin nickte unwillkürlich, doch ihr liebevolles Gesicht sprach Bände. Maya wischte sich die braunen Augen ab und reichte mir ein teures, glitzerndes Armband sowie passende Ohrringe und eine Kette. Alles aus Weißgold. Diese Schmuckstücke lieh sie mir für den heutigen Anlass. Mit steigender Nervosität zog ich mir die hohen Schuhe an, was durch die Corsage eine regelrechte Herausforderung war. Wieder stehend umarmte ich Maya, welche unverkennbar Schmerz auf ihrem Gesicht trug, als sie nuschelte: »Ich wünsche dir alles Glück der Erde.«

Es klingelte. Mein Herz machte einen großen Sprung, denn heute würde unser Abend sein, weder der von Unbekannt, noch von Pauline oder Tom. Heute gab es nur Aaron und mich, beschloss ich energisch das teuflische Mobiltelefon nicht weiter mein Leben bestimmen zu lassen.

Wortlos öffnete Maya geschwind Aarons Wohnungstür und trat beiseite, um ihm freien Blick auf mich zu geben. Sichtlich nervös trat mein Begleiter in seine eigene Wohnung, wobei er wahrhaft wundervoll aussah:

Die langen Haare hatte er ordentlich zu einem Zopf nach hinten gebunden, den Bartansatz gänzlich abrasiert und sogar einen hochwertig aussehenden Chronografen angelegt.

Der Herr trug einen eleganten, schwarzen Smoking mit samtenem Revers, was in mir den Wunsch auslöste, es zu berühren. Von den silbernen Manschettenknöpfen über die tannengrüne Fliege und den passenden Kummerbund stimmte alles. Optisch harmonierte sein Outfit erstaunlich gut zu meinem.

»Wow, du passt farblich perfekt zu meinem Kleid«, scherzte ich wenig geistreich. Bis eben starrte mich Aaron mit schief gelegtem Lächeln an, doch nun kam er unmittelbar auf mich zu und sprach bedächtig:

»Das ist Mayas Verdienst. Sie hat mir die Accessoires gegeben. Jules, ehrlich ... DU siehst wunderschön aus!«

Ich errötete bereits, als er es aussprach.

»Danke«, hauchte ich unbeholfen, »du ebenfalls.«

Wir rührten uns nicht weiter von der Stelle, sondern betrachteten voller Genuss das Antlitz des anderen.

Meine flinke Freundin huschte an mir vorbei, um wenig später mit einer schwarzen Handtasche, passend zu meinem Outfit, zu erscheinen.

»Hier, da ist das Nötigste drin. Dein Handy bleibt heute hier, so kann es auch keinen weiteren Schaden anrichten. Jetzt ab mit euch, sonst verspätet ihr euch noch«, scheuchte sie uns aus Aarons großem Appartement.

»Ich beseitige noch meine Spuren und treffe mich dann mit meinem Freund«, trällerte sie fröhlich, bevor sie die Tür hinter uns laut ins Schloss warf.

Nun stand ich vor einem unvorhergesehenen Problem: Die Treppe. Hinaufsteigen war dank des Beinschlitzes kein großes Problem, aber hinunter war nochmal etwas anderes.

Sanft hob ich mit einer Hand den Rock vor meinen Füßen so an, dass ich mich mit der anderen an dem modernen Geländer festhalten konnte. Aaron schien meine Schwierigkeiten zu bemerken und ergriff unmittelbar meine Taille, um mich zu stützen sowie zu stabilisieren. Es klappte wunderbar. Sein orangefarbener Wagen war frisch gewaschen und stand vor der Haustür des Appartementhauses. Im Auto sitzend verspürte ich Erleichterung, da ich mich bisher noch nicht blamiert hatte, was ich als Erfolg für mich verbuchte.

Wir fuhren los.

Unsere Route führte uns ein Stück über die Autobahn, danach ging es über weitläufiges Land weiter. Kahle Bäume sausten an uns vorbei.

Etwas außerhalb der Stadt entdeckte ich das alte Museum, wo die Festlichkeit stattfand – Es war zauberhaft. Während wir vorfuhren, prägte ich mir das altertümliche Objekt mit sämtlichen Details ein. Zwei Treppen erhoben sich von der Auffahrt und dem Garten zur Eingangspforte hinauf. Das Haus selbst leuchtete in der Dämmerung des Abends weiß und der Nadelwald im Hintergrund bildete den dunkelgrünen Kontrast.

Vor dem Eingang standen ein paar gewaltige Säulen. Eingemeißelt darüber war das Wort: ‚Museum' in Großbuchstaben zu lesen. Überall waren Kerzenständer und Bedienstete zu sehen. Letztere eilten hin und her und boten den Gästen Hilfestellungen. Wir hielten langsam. Aaron stieg gelassen aus und ließ es sich nicht nehmen, mir die Tür zu öffnen, weshalb ich möglichst elegant ausstieg und mich bei meiner einzigartigen Begleitung einhakte.

Aaron reichte den Autoschlüssel und einen Geldschein dem Herrn neben uns, welcher die Autos parkte. Zaghaft glitten wir die monströsen Treppenstufen hinauf, als ich einen Fotografen ausmachte, der professionell und paarweise die Gäste ablichtete. Diese wurden durch eine perfekte Pose in Szene gesetzt, was dafür sorgte, dass sich Nervosität in mir breit machte. Vielleicht hätte ich vorher den Knigge studieren sollen, dachte ich, als meine Hände zitterten.

»Alles gut. Ich lasse dich schon nicht fallen«, flüsterte Aaron mir im Scherz zu, sodass ich kichern musste.

Wir blieben stehen, und ich beobachtete das Paar vor uns: Sie waren etwas älter und schienen das ganze Tohuwabohu gut zu beherrschen. Nach ein paar Aufnahmen traten sie zur Seite, da nun wir an der Reihe waren. Unruhig stellte ich mich, exakt wie vorher bei Aaron eingehakt, neben diesen bezaubernden Mann und versuchte, nicht zu verkrampft zu lächeln. Der Mann mit der großen Spiegelreflexkamera schoss ein Foto, lächelte mich aufmunternd an und sprach:

»Ganz ruhig. Drehen Sie sich bitte einmal mit der rechten Hand zu ihrem Partner gewandt um und drehen die Schulter leicht zu mir.«

Dankbar für diese simple Instruktion folgte ich seinen Anweisungen, denn diese brachten mir ein bisschen Sicherheit.

»Na und Sie, junger Mann«, lachte er lauthals, »'ran an ihre traumhafte Begleitung! Arme um die Taille und dann entspannen Sie sich ebenfalls, denn Sie brauchen nicht zu lächeln. Der Herr: Denken Sie an Ihre Dame und legen den Kopf schief. Die Dame: Sie an Ihren Gatten, verführen Sie ihn, doch blicken Sie direkt zu mir«, bat er ausführlich.

Gesagt, getan – Das Foto war im Kasten. Endlich konnten wir in das schöne Museum eintreten.

Man reichte uns ein Glas mit sprudelndem Champagner, und wir schlenderten durch den mit

Rosen geschmückten Eingang. Ein paar Kurze ‚Hallos' und etwas Smalltalk folgte, wobei ich, bemüht um einen guten Eindruck, Aaron zurückhaltend durch die Räume begleitete. Gelegentlich betrachtete ich ein paar der älteren, ausgefallenen Gemälde, wenn das Gespräch zu fachlich wurde, denn von Technologie hatte ich wahrlich keinerlei Ahnung. Den Beginn einer weiteren Treppe erreicht, riss der vor uns liegende Saal mir den Boden unter den Füßen weg. Ein riesiger Kronleuchter erleuchtete den gesamten Saal großzügig, welcher zunächst mit runden, gedeckten Tischen und dahinter mit einer großzügigen Tanzfläche bestach.

Alles funkelte: Entweder durch silbern verschnörkelte Dekoration oder glänzende Deko - Kristalle. Mannshohe Vasen mit weiteren roten Rosen zierten die Wände des weißen Saales. Am anderen Ende des Saales stand ein riesiger Tannenbaum, bestehend aus vielen, kleinen Bäumen, welcher als Gesamtes ausgiebig beleuchtet und geschmückt war.

Wahrlich hatte ich nie einen schöneren Ort sehen dürfen.

## Kapitel zwölf

»Guten Abend. Die Namen?«, grüßte uns ein Mann im Frack. Aaron antwortete:

»Guten Abend. Aaron Kemper und Juliette Binge sind unsere Namen.«

Der feine Herr prüfte kurz die ausführliche Liste vor sich und erwiderte freundlich:

»Schön, dass Sie kommen konnten, Herr Kemper und Frau Binge. Es ist uns eine Ehre, Sie als Gäste des Unternehmens Wiedemann begrüßen zu dürfen. Ihr Tisch ist die Nummer 21, und einen wunderschönen Abend wünschen wir.«

Aaron dankte dem Mann höflich, ich nickte schüchtern und – wieder einmal eine Treppe, doch mussten wir diese mittig passieren, ohne Geländer also. Aaron führte mich behutsam und wir schritten ohne Zwischenfälle langsam hinab.

Alsbald erreichten wir unseren Tisch, an dem schon einige Gäste saßen. Bevor wir uns dazu gesellten, stellte Aaron mich den unausgesprochenen Regeln entsprechend und mir die Tischnachbarn vor:

»Juliette, das sind meine Kollegen: Claudia Riebert, Paul Wernik mit seiner Ehefrau Laura und Kevin Platt mit seinem Partner Julian.«

Ich grüßte standesgemäß und wir nahmen geschmeidig Platz. »Juliette, was für ein schöner

Name« ‚begann Laura das Eis zu brechen, wofür ich sehr dankbar war. Ich lächelte und sagte redselig:

»Vielen Dank. Meine Mutter lebte eine lange Zeit in Frankreich, dort wurde ich auch geboren.«

Herzlich und laut lachte Laura, die neben mir saß. Bei ihr konnte man sich schnell wohlfühlen, denn das lag an ihrer fröhlichen und offenen Art. Aaron plauderte derweil angeregt mit Claudia, welche zwar etwas älter wirkte, aber dennoch wirklich fabelhaft aussah. Die hellblonden Haare trug sie in einem pragmatischen, schnittigen Longbob. Hochwertiger Perlenschmuck und ein tiefroter Lippenstift veredelten ihren Look. Ihr Kleid hingegen war schwarz, enganliegend und hatte einen atemberaubend tiefen Ausschnitt, welcher meines Erachtens bis kurz über den Bauchnabel reichte. Die Frau wusste was von Sexyness, dachte ich. Die Tomatensuppe wurde uns von einer jungen Dame gereicht und der Weißwein – in meinem Fall – ließ ebenfalls nicht lange auf sich warten. Ich blickte kurz zu Aaron, der sich gerade zu mir wandte:

»Ist es in Ordnung, wenn wir gleich ein Taxi nehmen?«

»Natürlich«, erwiderte ich die formelle Frage.

Wir ließen es uns redlich schmecken, während sich das Gespräch hauptsächlich um die diversen Kennenlernen und Partnerschaften drehte.

Mittlerweile erreichten wir das vorzügliche Dessert, doch Claudia schien dies nicht zu interessieren. Geheimnisvoll flüsterte sie Aaron etwas zu, welcher sich Mühe gab nicht dabei in ihren Ausschnitt zu linsen und peinlich berührt schien. Nachdem die Frage unserer freundschaftlichen Beziehung geklärt worden war, nutzte sie ihre Chance. Die nasale Stimme meiner Kontrahentin bohrte sich zunehmend in meinen Kopf, derweil erzählte Laura mir stolz von ihrer Tochter Lina. Angestrengt verfolgte ich ihre Worte, doch das Gespräch meiner Begleitung wurde zunehmend intensiver; die kleinen gegenseitigen Berührungen, zaghaftes Kichern, flirtende Blicke.

»Entschuldigen Sie mich bitte«, verabschiedete ich mich knapp, vor allem bei Laura, welche ich leider unhöflich unterbrach. Ich erkundigte mich bei der netten Kellnerin nach dem Standort der Toilette und folgte ihrer Anweisung, sodass ich diese, wie versprochen, unter der riesigen Treppe fand.

Ich hatte das gesamte Areal für mich allein, und geschwind wusch ich mir die zittrigen Hände, dann legte ich eine kalte, feuchte Hand auf die glühende Stirn meines Gesichtes.

Die große Tür schwang auf. Laura trat ein. Ich überlegte kurz, ob sie mir mein rasches Verschwinden übelnahm, aber ihr Blick drückte Fürsorge und Mitleid aus. Bedächtig schritt sie zu mir und umarmte mich.

»Tut mir leid, dass ich dich so rüde unterbrochen habe. Es lag ehrlich nicht an dir – im Gegenteil ich fand es sehr spannend, wie unterschiedlich ihr drei seid, aber ...«, bemühte ich mich sachlich und formell zu der Ehefrau zu bleiben, und wieder blickte ich in ihre hellen, klaren, blauen Augen.

»Dir hat Claudia sehr zugesetzt« ,beendete sie voller Mitgefühl meinen Satz ebenso wie meine qualvollen Gedanken, weswegen ich lediglich ein rüdes Nicken zustande brachte. Verständnis ließ kleine Fältchen auf Lauras Stirn und um ihre Augen auftauchen, welche sie noch sympathischer machten. Mit festem Blick meinte sie: »Ich verstehe, was du meinst. Als du und Herr Kemper kamen, sah ich euch als das perfekte Paar an, doch nun verstehe ich deine Situation. Offen gesagt habe ich das Gefühl, er mag dich auch, denn er spricht häufig mit Paul über dich; wie viel Spaß ihr habt, und dass er dich beschützen will. Gib ihn bitte noch nicht auf«

Achtsam tupfte sie mir die Stirn trocken, während ich versuchte, zu lächeln, weshalb Laura mich zurück zu unserem Tisch führte. Das Gefühlschaos wuchs in mir wie eine lodernde Flamme. Unterdessen turtelten die beiden Kollegen weiterhin, weshalb sie uns erst gar nicht bemerkten. Gläser mit Champagner standen vor uns auf dem Tisch, und ehe ich mich nach deren Sinn erkundigen konnte, erhob sich ein dicklicher, kleiner Mann zu einer Rede, welcher scheinbar der diesjährige Veranstalter der Weihnachtsgala war. Ausgiebig strömten die Worte aus ihm heraus, hören aber konnte ich keins, denn meine Gedanken waren zu hundert Prozent bei Aaron und Claudia. Aus dem Augenwinkel nahm ich Claudias Hand auf Aarons stämmigem Oberschenkel wahr, während beide gebannt zum Redner starrten. Oder zumindest so taten, denn mein Freund, dem die Schamesröte auf dem Gesicht lag, wischte ihre Hand unauffällig von sich. Die Gefühle von Neid, Trauer, Herzschmerz mussten nun endgültig weichen – nämlich der Wut. Allmählich war ich es leid, der Spielball zu sein, denn er glaubte wohl, ich als seine zuverlässige Ersatzfrau wäre immer da – ausnahmslos. Es stimmte, wir waren Freunde, doch machte man seiner Freundin so viele falsche, trügerische Hoffnungen, um sie nach kurzer Zeit wieder niederzureißen? Nein!

Die Erkenntnis traf mich wie ein greller Blitz. Gut, der Mann meiner Begierde war offensichtlich nicht der aktive Part, doch das schien seiner Arbeitskollegin gänzlich egal zu sein.

Das Firmenoberhaupt prostete den Gästen zu und eröffnete damit die gigantische Tanzfläche. Wir stießen höflich an, nahmen einen Schluck des köstlichen Getränkes und die Pärchen erhoben sich zum Tanz.

Ehe ich auch nur mein Glas abgestellt hatte, schnappte sich Claudia ungehobelt Aarons Arm und trällerte bestimmt:

»Na los, wir tanzen!«

Mein Begleiter stolperte unbeholfen hinter ihr her. Die Fläche füllte sich, denn nur ein paar ältere

Paare sowie drei junge Männer blieben sitzen – und ich. Die Menge glitt taktvoll über das spiegelglatte Parkett. So groß Aaron auch war, in der Masse ging auch er nach kurzer Zeit verloren.

»Guten Abend, die Dame. Dürfte ich um diesen Tanz bitten?«, erkundigte sich ein junger, hagerer Mann, welchen ich entschuldigend anblickte und antwortete:

»Leider bin ich in Begleitung hier, daher denke ich, ist das keine gute Idee«

»Scheiß Liebe?«, platze es unverblümt aus ihm heraus, dass ich nur noch lachen konnte und heftig nickte. Er setzte sich zu mir.

»Wer ist es bei dir?«, gab er nun mitfühlend von sich, nachdem er uns zwei Gläser Sekt geordert hatte. Unbeholfen deutete ich auf Aaron.

»Ach, der Aaron! Netter Typ. Habe hin und wieder mal in der Cafeteria mit ihm gequatscht, aber leider etwas verschlossen! Lachen und Scherzen kann er zwar viel, aber Privatsachen bespricht er nicht. Woher kennt ihr euch?« ,hakte der nette Mann nach. Ich fasste mich kurz:

»Seit knapp 10 Jahren aus einer Jugendgruppe.«

»Oh«, gab er wortkarg von sich.

Unsere Sektgläser kamen.

»Wer ist es bei dir?«, ereilte mich nun doch die Neugierde auf seinen Schwarm. Ein Lachen folgte prompt.

»Die reizende Tanzpartnerin deines Traummannes«, lachte er mit bitterer Stimme und kurz hielt ich inne, doch dann erhob ich mein Glas:

»Scheiß Liebe!«, worauf er mit einstieg und das prickelnde Zeug in einem Zug leerte. Ich ließ mir etwas mehr Zeit, wodurch mir eine Idee kam, wie ich zumindest seinen Abend deutlich verbessern konnte.

»Wie heißt du?«, flüsterte ich nachdenklich, während ich mich erhob und meinen letzten Schluck genüsslich trank.

»Lukas«, antwortete er irritiert.

»Gut, Lukas. Mein Name ist Juliette und ich hoffe, du bist bereit, Claudia von der Tanzfläche zu retten. Einen schönen Abend wünsche ich euch beiden«, sagte ich lächelnd.

Nach kurzer Suche fand ich mein Ziel und stöckelte hinüber. Bedächtig tippte ich auf Claudias Schulter, welche sich zunehmend an Aaron schmiegte, und raunte resolut: »Dürfte ich Sie abwechseln?« Seine Augen trafen meine und ich erkannte, dass er meinen Vorschlag gut hieß.

Die Frau zuckte zusammen, aber brachte dadurch Platz zwischen sich und Aaron, was mir nur Recht war. Etwas widerwillig nickte sie und Aaron legte eine Hand um meine Taille. Er führte gut, weswegen es nicht unbedingt auffiel, dass ich nicht tanzen konnte.

»Jules, hast du Spaß?« fragte er mit warmer, betörender Stimme. Nickend erwiderte ich:

»Schon, doch man soll bekanntlich gehen, wenn es am Schönsten ist...«

»Sollen wir jetzt schon gehen? Ich muss wenigstens mit meinen Chefs sprechen, dann können wir los« gab er eilig von sich und schaute sich im Saal um. Voller Achtsamkeit legte ich meine kleine Hand auf seine vergleichsweise große Wange und flüsterte weise:

»Nicht wir. Ich. Nicht nur jetzt, sondern für eine ganze Weile, Aaron. Ich wollte Abschied von dir nehmen.«

»Was?!«, entfuhr es ihm so lautstark, dass sich die Paare neben uns zu uns drehten. Mit aufgerissenen Augen blieb er an Ort und Stelle stehen. Da wir uns am Rande der tanzenden Gruppierung befanden, drehte ich mich langsam weiter nach außen, um Platz zu schaffen.

Aaron hingegen stand wie versteinert am selben Fleck. Erst nach wenigen Sekunden wandte er sich zu mir, immer noch sprachlos.

»Aaron, ich werde gehen. Du weißt, dass ich etwas Geld von meinem Großvater geerbt habe und meinen Bachelor kann ich problemlos in ganz Deutschland machen. Eventuell mit einem Semester mehr, wenn ich dieses Jahr noch wechseln will, aber - «

»Wieso?«, unterbrach mich mein Freund ungläubig. Seine braunen Augen wirkten glasig, die schmalen Wangen gerötet.

»Ich kann das nicht mehr«, sprach ich endlich aus, was ich schon so lange dachte. »Das ist mir einfach zu viel. Ich habe so gelitten und muss nun endlich mein Leben weiterführen, Aaron. Es funktioniert nicht mehr für mich, dass ich jede Sekunde meines Lebens darauf hoffe, dass du meine Liebe erwiderst, während du mir mit jedem einzelnen verflixten One – Night - Stand das Herz brichst. Wieder und wieder. Es ist in Ordnung, wenn du nicht das Gleiche für mich empfindest, aber in dem Fall musst du mich weiterziehen lassen«, beendete ich traurig meinen Monolog, als Tränen von meiner Wange perlten. Aarons Gesicht errötete immer mehr, dennoch stand er regungslos vor mir.

»Alles Gute, Aaron«, hauchte ich schnell, bevor ich davon hastete. Die Treppe hinaufgestürmt, verlief ich mich ein wenig in der oben befindlichen Ausstellung und sackte in einer verlassenen Ecke hinten zusammen. Ein Kellner sah mich, reichte mir stumm ein sauberes Taschentuch und verschwand wieder zu den anderen Gästen. Sowohl Erleichterung als auch Trauer dominierten mein geschundenes Herz, aber die unliebsamen Tränen flossen bereits wie ein Wasserfall. Das Gesicht an der Wand vergraben, gab ich mich meinen Gefühlen hin.

Ob mich jemand sah oder nicht, war mir ganz gleich. Es war vorbei, dachte ich, doch der Schmerz meines Herzens verteilte sich so in meinem gesamten Körper, dass ich meine kurzen Beine umschlang. Das Atmen fiel mir von Zug zu Zug schwerer. Plötzlich erklangen schwere Schritte vor mir. Angestrengt blickte ich hinauf und blinzelte mehrfach, um die Flüssigkeit in meinen Lidern zu verdrängen. Mein bester Freund mitsamt meiner Clutch ragte über mir auf.

»Jules, hör mal - «

»Nicht!«, unterbrach ich ihn eilig.

»Ich will kein Mitleid von dir. Lass die Tasche hier und geh wieder zurück zum Fest.«

Er setzte sich entkräftet neben mich, doch statt wütend zu sein, hatte auch er Tränen in den mandelförmigen, braunen Augen. Sein wunderbares, definiertes Gesicht war völlig verweint.

»Ach, Jules. Ich habe dich wirklich gern, aber jetzt halt bitte mal die Luft an und lass mich etwas dazu sagen«, blaffte er mit einem Lächeln auf den schmalen Lippen. Ein Biss auf die Unterlippe zwang mich, ihm zuzuhören.

»Diese ganzen Frauen hatten nie eine richtige Chance bei mir, denn die Einzige, bei der ich wirklich Gefühle hatte, warst du. Schon immer. Ob bei unserem allererstenten Kuss damals oder beim Sex vor Kurzem. Meine Gefühle galten immer nur dir und du bist auch die Einzige, bei der ich mich wirklich wohlfühlen kann«, sprach der Mann offen wie nie. Mein pumpendes Herz überschlug sich, mein Körper fuhr vollkommen hoch, doch mein Hirn setzte aus. Täuschten mich meine Ohren? Bedeutete das etwa … Aber warum hatte er mich dann nie um ein Date gebeten? Er schien meine stillen Fragen erraten zu haben und fuhr mit kräftiger Stimme fort:

»Aber du bist so verdammt zurückhaltend! Immer wenn ich einen Schritt in deine Richtung machte, war deine Reaktion so ... so ... unspezifisch. Du hättest mich genauso gut hassen können. Dass du auch noch mit mir über Frauen sprachst und selbst diese idiotischen Kerle angeschleppt hast – was meinst du, wie sich das für mich angefühlt hat? Bei jeder Frau habe ich gehofft, sie wäre wie du, aber es gibt keine, Jules. Nur dich. Du machst mich einfach komplett wahnsinnig!«

Seine Ansprache war beendet, doch all seine Worte und Emotionen prasselten wie ein gewaltiger Regenschauer auf mich nieder. Mit einem Seufzen sank mein Kopf auf seine breite Schulter, auch er atmete tief aus.

»Ich liebe dich ... Wie verrückt«, sagte er und legte seinen großen Kopf auf meinen. Ich hauchte müde aber glücklich:

»Ich dich auch, Aaron.«

## Danksagung:

Patrick, mein Schatz,

nie mehr möchte ich dich missen, denn seit dem
Moment, in dem wir uns kennenlernten, bist du
mein Leben geworden. Ob an diesem Tag selbst,
unserer Hochzeit oder heute - immer wieder
verliebe ich mich neu in dich, und auch, wenn du
es oft nicht leicht mit mir hast, so will ich keine
Sekunde mit dir streichen. Glücklicherweise muss
ich das auch nicht, wie du weißt, gilt: gekauft wie
gesehen. Ich schulde dir unendlichen Dank, da
du dafür gesorgt hast, dass ich mich voller
Selbstbewusstsein Autorin nennen und meinen
Traum verwirklichen kann.
Ich liebe dich.

Kerstin und Norbert, Anke und Dirk,

ihr gebt alles für uns und wir auch für euch. Wir
lieben euch über alles, denn ihr gebt uns so viel,
doch verlangt sehr wenig. Neue Worte als Dank
an die eigenen Eltern zu finden, ist nicht einfach,
aber die Kernaussage ist:
Ich hätte mir niemanden Besseren wünschen
können.
Ich liebe euch.

An Anke gesondert noch einmal ein besonderes
Dankeschön für das unerlässliche
Korrekturlesen.

Oma und Opa,

euer Einfluss auf mich ist noch heute unbestreitbar. Ich verdanke euch viel und weiß das, nach wie vor, zu schätzen.
Hab euch lieb.


Frank und Ulrike, Jonas,

unsere gemeinsame Zeit war immer schön, daher danke ich euch für euer Interesse und Verständnis. Vor allem dieses Buch betreffend.
Hab euch lieb.


Nathalie,

auch du hast meinen Schreibprozess gefördert! Mit Tritten in den Allerwertesten und »Ich-glaube-an-dich-tu-du-es-auch«- Ansprachen bringst du mich nicht nur zum Lachen, sondern lässt mich an meine Träume glauben. Du bist bewundernswert und ich hoffe inständig, dass du alles erhältst, was du verdienst.
Danke, dass du meine beste Freundin bist, denn ohne dich geht es irgendwie nicht.


Sarah Skitschak,

Autorin, Coverartist und Freundin,
das alles und noch so viel mehr trifft auf dich zu. Dein Talent scheint grenzenlos, doch ich weiß, dahinter steckt eine gewaltige Arbeitskraft. Viel wichtiger jedoch ist mir unsere Freundschaft.

Ich hoffe sie hält sehr lange, denn in kurzer Zeit wurdest du unersetzbar.
Für die Zukunft wünsche ich dir von Herzen alles Gute.



Patrizia Rodacki,

So jung und so einzigartig! Du bist ein toller Mensch und dir soll nur Gutes widerfahren, denn du bist ein wahrhaftiges Vorbild.
Danke für dein Lektorat, denn ohne dieses wäre das Buch vielleicht nicht erschienen.


Liebe LeserInnen,

auch euch danke ich aus tiefstem Herzen, denn ihr sorgt dafür, dass ich meinen Traum, Autorin zu sein, leben darf. Ich hoffe, das Lesen meines Debütromans bereitet euch Freude, sodass ihr Band 2, gemeinsam mit mir, entgegenfiebert.
Vielen Dank euch Lieben.

Eure Christina.